少年陰陽師

しょうねん　おんみょうじ

少年陰陽師 叁拾肆

破暗之明

さやかの頃にたちかえれ

結城光流—著　涂愫芸—譯

重要人物介紹

藤原彰子

左大臣藤原道長家的大千金，擁有強大靈力。基於某些因素，半永久性地寄住在安倍家。

小怪

昌浩的最好搭檔，長相可愛，嘴巴卻很毒，態度也很高傲，面臨危機時便會展露出神將本色。

安倍昌浩

十四歲的菜鳥陰陽師，父親是安倍吉昌，母親是露樹，最討厭的話是「那個晴明的孫子」。

六合

十二神將之一的木將，個性沉默寡言。

紅蓮

十二神將的火將騰蛇，化身成小怪跟著昌浩。

爺爺(安倍晴明)

大陰陽師。會用離魂術回到二十多歲的模樣。

朱雀

十二神將之一的火將，使的是柔和的火焰。與天一是戀人。

天一

十二神將之一的土將，是絕世美女，朱雀暱稱她「天貴」。

勾陣

十二神將之一的土將，通天力量僅次於紅蓮，也是個兇將。

太陰

十二神將之一的風將，擅使龍捲風，個性和嘴巴都很好強。

玄武

十二神將之一的水將，個性沉著、冷靜，聲音高亢，外型像小孩子。

青龍

十二神將之一的木將，從很久以前就敵視紅蓮。他有另一個名字「宵藍」。

小野螢

播磨神祓眾的陰陽師。晴明之父益材為昌浩決定的未婚妻。

天空

十二神將之一的土將，是十二神將的首領，雖然眼盲，但內心澄明。

風音

道反大神的愛女。以前她曾想殺了晴明，現在則竭盡全力幫助昌浩。

安倍昌親

昌浩的二哥，陰陽寮最活躍的年輕術士，專攻天文道。

安倍成親

昌浩的大哥，陰陽寮的曆博士，有位人稱「竹取公主」的美麗妻子。

藤原敏次

陰陽生，在陰陽寮裡是昌浩的前輩，個性認真，做事嚴謹。

銘刻於心的是祈禱。
緊緊擁抱的是真情。
而最終，
需要的是——覺悟。

1

有人在呼喚他。

外面的天色似乎正慢慢轉白。

小鳥輕聲鳴叫，他閉著眼睛也知道夜晚的腳步逐漸離去，早晨快來了。

翻個身，他忽然醒了過來。

緩緩張開眼睛，就看到床邊有個人。

坐在床邊俯視著自己的那張臉，他很快就認出是誰了。

「父親……」安倍國成喃喃叫著，臉色豁然開朗。「父親……您回來了？」

可能是還沒有完全清醒，說起話來舌頭有點打結。

明明是在沒有光線的黑暗中，父親的臉卻看得特別清楚。

他很想摟住父親，但不知道為什麼，睏得全身都使不上力。

掙扎著想伸出雙手時，一雙大手緊緊握住了他的手。

「父親……您怎麼了，您的手……」

父親的手好冷。又大又有安全感的手，向來比現在溫暖許多，被那雙手撫摸，他的心就會平靜下來。

現在卻莫名地忐忑不安，國成哭喪著臉說：

「昌浩叔叔……出事了……父親……您一定要救他……」

父親沒答話，只點頭表示知道了，摸摸國成的頭安慰他。

他覺得父親的手好冷，不由得打個冷顫，縮起了身體。可是那的確是父親的手。

實在太冷了，國成就用自己的小手包住父親的手，想替父親取暖。

「父親不在家……」他把臉貼到父親的手上，用顫抖的聲音說：「忠基……妹妹……還有母親都很寂寞……」

父親的大手緊緊回握他的手，像是在對他說我知道。

儘管父親的手還是那麼冰冷，國成卻大大鬆了一口氣，差點哭出來。

啊，沒事了。所有事都會順利解決，大家都會平安無事。

父親回來了，所以一定是這樣。

可能是精神放鬆的關係，覺得更睏了，鳥叫聲離他愈來愈遠。

成親聽見國成開始發出規律的鼾聲，又再摸了摸他的頭，輕輕將手移開，再把小手放進了外褂的袖子裡，免得小手受寒。

成親悄悄地站了起來，溜出了對屋。

鳥鳴叫著。感覺天快亮了，但天空還是暗的。

才溜到外廊，就看到身穿單衣，只披著一件外褂的篤子，拿著蠟燭呆立在渡殿與外廊交接處。

成親默默看著滿臉驚愕、眼睛連眨都沒眨一下的妻子。

篤子凝視成親好一會後，癱坐下來，把蠟燭輕輕放在外廊上。

那輕微的咔噹聲響聽起來格外響亮。

坐在地上站不起來的篤子，看著一動也不動的丈夫。

成親緊閉成一條線的嘴唇，溫柔地苦笑起來。

他瞇著眼睛，張開了嘴巴。

說出來的話沒有聲音，只有嘴巴動著。

雖是如此，但篤子就是知道成親在說什麼。

她的丈夫瞬間露出捉弄人的鬼黠笑容。他知道他這麼做，篤子就會擺臉色給他看，所以故意裝出這種表情。

他經常這麼做。

看到篤子果然擺起了臉色，他顯得很滿意，便突然消失了。

白色紙片冉冉飄落在篤子腳邊。

被搖晃的燭火照亮的白色紙片，是裁剪得歪七扭八，形狀不太好看的人形紙偶。

紙偶的頭部位置是用朱墨畫成的五芒星，下面是個字跡十分潦草的「成」字，再下面是格子圖樣。成字被夾在五芒星與格子圖案之間。

成親說自己不擅長這種法術，很少使用。在家人面前，他幾乎沒有用過陰陽術。他總是說，那是弟弟們的領域。

篤子撿起人形紙偶，喃喃自語：

「你在做什麼啊，明明不擅長這種事……」

語氣很不屑，卻戀戀不捨地注視著、撫摸著紙偶上的文字。

「不要用這種人形紙偶，快變回自己的樣子來嘛……！」

因為顫抖得太厲害，語尾都沒了聲音。

成親消失前說的話，不斷在她的耳邊迴盪。

——不要哭哦……

那句話以他的聲音呈現，清晰得教人生氣。那聲音一次又一次重複，溫柔得教人難以忍受。

其實她是希望親耳聽見這句話。

然後像平常那樣，好強地對他說：我才不會哭呢！

為什麼他現在不在身旁呢？

天就快亮了，現在是夜晚最黑暗的時候。

也是開始接近黎明的時刻。

而對篤子來說，所謂的黎明，就是丈夫平安、健康、安然無恙地回到這裡。

淚水滴落在人形紙偶上。

希望黎明可以早點到來。

她在心中虔誠地祈禱，吞下了嗚咽聲。

◇ ◇ ◇

在燈台之火搖曳的室內，安倍昌親臉上浮現難以形容的複雜表情。

端坐在他旁邊的十二神將朱雀、天一，表情也同樣嚴峻。

安倍成親臉色發青，虛弱地躺在他們三人前面。

搖晃的火光茲茲作響。

除了暫時不能說話的成親外，所有人都發出誇張的嘆息聲。

天一緩緩伸出手，拿起對折的外褂。朱雀毫不費力地拖動躺平的成親，把他移到原來的被褥上，天一替他蓋上外褂。

被燈火照亮的面孔，已經從發青到逐漸發白。

緘默不語的昌親，終於忍不住開口了。

「哥哥……」

「住口，昌親。」

吼得很吃力的成親，大大喘口氣，活像把肺裡的空氣全吐光後，就沒再出聲了。

昌親與神將們的視線交會，嘆了一口氣。

背向躺臥著的成親，昌親雙臂合抱胸前說：

「沒錯，換作是我，處於同樣的狀態，可能也會做同樣的事。所以我可以理解，我都可以理解，可是……」

天一很清楚昌親要說什麼，由衷地點點頭說：

「嗯，我也能理解，真的很能理解那種心情。」

「我知道，我都知道，可是知道歸知道……」

三個人說完，一起瞥向背後的成親。察覺到他們動靜的成親，早已說不出話來，只能發出喉嚨裡被什麼卡住似的微弱嘀咕聲。

他似乎連張開眼睛都很困難。雖然他閉著眼睛，三人還是覺得他正狠狠瞪著他們，這不是錯覺，因為他們想也知道，如果他有體力、有氣力，絕對會這麼做。

是小野螢以她的力量，讓鑽入體內的疫鬼沉睡，醒來的成親才能勉強下床。但是沒能除去疫鬼，他還是要扶著朱雀和昌親的肩膀，才能站起來。

螢說只有操縱疫鬼的術士本人，才能徹底除去疫鬼，成親自己也是這麼覺得。與疫鬼融合到這種幾乎沒有異物感的境界，是非常噁心的一件事。

他可以感覺得到，潛伏在喉嚨內的東西，正在慢慢剝奪他的體力、氣力以及靈力。可以說是在有自覺的狀態下被蠶食著。

值得慶幸的是，還可以自在地呼吸。深呼吸是非常重要的關鍵。呼吸一旦混亂，視野與思考也會變得愈發狹隘。

醒來的第二天，體力還沒復原，無法下床太久的成親，知道自己這一覺竟睡過了一個晚上，內心大受打擊。

再聽說昌浩被當成是在陰陽寮殺害藤原公任的犯人，為避開追捕，正逃往吉野，成親受到的打擊更大，頓時頭暈目眩，又躺了下去。

不只成親，安倍家三兄弟向來健康，從未生過什麼大病，也沒有病到無法動彈過，這情況出乎成親意料，卻因此有種難得的新鮮感。
只有天一聽到他低聲咒罵，說這種新鮮感一點都不好玩。
原來受到打擊這麼耗體力啊？不知道想通了什麼，感嘆不已的成親，又經過兩個晚上才稍微恢復了體力。
半夜醒來的成親，請神將幫他準備紙張、小刀和筆記用具。
他靠著氣力坐起來，用全副精神忍住暈眩，做出人形紙偶，在上面寫入五芒星、「成」字、又稱為九字紋的直四橫五圖騰。他對紙張吹三口氣，交給昌親後就倒下去了。
昌親知道哥哥要他做什麼，立刻請車之輔載他到參議府邸。
天后正守在那裡，以防成親的家人遭遇不測。昌親怕有萬一，也拜託太裳去妻子女兒那邊，悄悄保護她們。
連昌浩都被陷害，可想而知，安倍家的人都成了敵人的目標。不知道是要擁有多高的能力，說不定完全沒有靈力的孩子們，也可能慘遭毒手，所以大家都提高了警覺。
昌親是刻意與妻子女兒隔離。他自己也跟成親一樣，有被攻擊的危險，又是重犯昌浩的親人，隨時有人在監視他。待在妻女身旁，即使他什麼都不說，她們也會感受到侷促不安的緊張氛圍。妻子的身體虛弱，他不想讓她承受不必要的壓力。
昨天昌親回家過一次，妻子千鶴對他露出堅強的笑容，反而更讓他心疼。檢非違

使一定來搜查過，可能還逼問過她有沒有藏匿昌浩，她卻絕口不提這件事，若無其事地迎接昌親。

準備了換洗衣物和簡餐的千鶴，只對馬上要離開的昌親說了一句「我相信你」。昌親也見到了女兒梓的睡臉。

這些事一件件累積起來，才勉強支撐住昌親幾乎快要崩潰的心。

他把人形紙偶交給參議府邸的天后，就直接回安倍家了。

注入人形紙偶裡的法術啟動後，紙偶就變成成親的模樣，走進了孩子們睡覺的對屋。

那時候還是黎明前，只有天將亮的氣息。

成親可以行動後，第一件事就讓妻子兒女見到自己。

儘管只是一時的安慰，但他非常清楚那會是多麼強大的力量。另一方面，他也希望讓家人知道，他可以使用這樣的法術，已經沒事了。

透過式的眼睛，成親看到了孩子們的睡臉。那不是天真無邪的睡臉，散發著不安的神色，刺痛了他的心。向來有身為長兄的自覺，總是全力盡到兄長責任的國成，會哭著向他撒嬌，也是無可厚非的事。他很難過讓國成變成那樣。更心痛的是，淚水已經在眼眶裡打轉的篤子，還逞強裝出堅強的樣子。

筋疲力盡癱倒下來的成親，在心中暗自發誓。

就算追到天涯海角，把地皮都掀開來，他也會揪出這個捉弄他們的人。
安倍家族流著異形之血，膽敢惹惱他們的人，將會永生永世後悔。

待在安倍家的神將們，被某人的法術困住，出不了安倍家。在安倍家外面的神將們，不但出不了京城，也進不了安倍家。先回到異界再去其他地方的方法也行不通。其餘的神將，跟在奉旨前往伊勢的晴明身旁。

被困住的神將們，儘可能保持冷靜，與待在生人勿近的森林裡的天空會合。

黎明了。

已經邁入陰曆十一月了，回想起來，發生昌浩的事後，都快滿四天了。
天一仰望著逐漸改變顏色的天空，抖動著眼皮，重重地嘆口氣說：
「昌浩大人不會有事吧……」
天空和朱雀相對而視。閉著眼睛的天空，對天一說：
「有騰蛇和勾陣在，他怎麼可能有事呢。」
「天空翁……您說得對，可是……」
天一愁眉不展，朱雀輕輕摟住她的肩膀說：
「不用擔心，天貴。」

顏色比天空淺淡、清澄的雙眸，注視著恍如用眼神將她擁入懷中的戀人。

「朱雀……」

「有十二神將中最強與第二強的鬥將陪著他，絕不可能出事。」朱雀望向南方天際，露出不甘心的眼神說：「更何況，不只昌浩，還有螢在。」

在一頭霧水的狀態下，被誣陷殺人，難以想像昌浩有多驚恐。

怎麼會發生這種事呢？三名神將心中都存在著這樣的懊惱。有兩名鬥將跟隨，為什麼沒能防止這種事發生呢？

昌親在參議府邸見過昌浩他們，據他說那時候是昌浩躲開了神將們。三名神將對昌浩偏偏在那種時候躲開神將感到懊惱，同時對同袍們離開昌浩身旁感到憤怒，兩種情感交織錯雜，又覺得這樣責怪他們太殘忍，所以心情一直很沉重。

天一祈禱般雙手交握。

「沒錯，有螢小姐在……」

這麼喃喃低語的天一，忽地瞇起眼睛。

她想起成親醒來時，螢顯露的神情。

「……」

天空看到天一摀住嘴巴，陷入深思的模樣，開口問：

「怎麼了?天一。」

天一轉移視線，一副欲言又止的樣子。

朱雀也訝異地看著她。

思索著該如何說明的她，過了好一陣子才回答兩人。

「老實說……我覺得螢的神情有點奇怪。」

「怎麼奇怪?」

天空好奇地問，朱雀也歪著頭表示疑惑。那時他也在場。聽天一這麼說，他立刻在記憶中搜尋螢當時的模樣。

成親醒來了。吉昌安了心。鬆了口氣後卻說不出話來的昌親也淚眼汪汪。

螢不是看著吉昌，而是看著成親與昌親兄弟。

當時螢那看著他們的眼神。

「…………我想起來了!」

回想起來的朱雀張大了眼睛。天一點點頭說:

「好像……不帶一絲絲的感情。」

成親剛醒來時，螢的確也鬆了一口氣，但只有一瞬間。

那之後，她面對成親與昌親，既沒有感動也沒有感傷，那毫無感情的色彩與她

清澄的雙眸非常不相稱。

「確實不太對勁。」

回想起來的朱雀，點點頭。

說不出哪裡不對勁，但神將們確實察覺到了什麼。

仔細聽著他們對話的天空，發出沉重的低喃。

「播磨神祓眾啊……」

手中的枴杖喀地敲響地面後，天空顫抖著眼皮說：

「回想起來，螢的事全被拋到腦後了，還有與神祓眾的約定等所有事。」

很多事同時發生，彷彿被設計過。

沒錯，被設計過。

接到有客人來自播磨的通報後，實際上是隔了一段時間螢才來訪。關於這件事，她是怎麼說的呢？

——我原本打算在送出通報的書信後立刻動身……

天空想起她說被某些事耽擱，所以來遲了，請大家原諒。

耽擱的理由她並未說明，但不知為什麼，就是令人覺得可疑，老是想起她看著成親與昌親時的眼神。

聽說昌浩和螢，正前往參議在吉野的山莊。

螢是希望取得天狐之血的神祓眾的嫡系女兒。這個陰陽師女孩，擁有超越昌浩的力量，曾經宣示要跟昌浩在一起，她的想法應該不會改變吧？

但現在昌浩成了犯人，逃出了京城，對神祓眾來說正是再好不過的機會吧？

目前只有表面上跟昌浩毫無關係的播磨神祓眾，可以藏匿無處可去的昌浩。

小怪和勾陣應該也想到了這一點吧？現在就看昌浩的意思了。

沉默了好一會的天一，煩惱地說：

「昌浩大人和螢小姐會怎麼樣呢……」

朱雀嘆口氣，搖搖頭說：

「陰陽師之間的約定，不能不履行吧？總有一天要兌現。」

然而，神將們都知道昌浩心有所屬，也知道他們之間很難有結果。

朱雀搖搖頭，幾乎讓無力與憤怒的感覺壓垮了。

被困住的神將們，現在只能祈禱昌浩平安無事，焦慮得不知如何是好。

稍微恢復體力的成親，躺在床上盯著橫樑。

「哥哥，再多休息一下吧。」

成親只移動視線，望向擔心自己的昌親說：

「昌浩說不定不會去吉野的山莊。」

看昌親張大了眼睛，成親又接著說明。

追兵會先去搜索所有親戚的山莊吧？即使剛開始是往那裡去，發現有追兵追上來，應該就會想到必須改變目的地，否則會有危險。至少十二神將應該會想到。換作是成親，也會這麼判斷，假裝繼續前往吉野，實際上改走其他路，反過來遠離吉野。

成親相信神將們。對於昌浩的生命安全，他毫不懷疑。雖然不懷疑，但還是會擔心。在寒冷中，要走在看不見未來的路上，與不安纏鬥，是多麼惶恐的一件事。

成親擔心的是，弟弟會遭受不安的詛咒。

人覺得不安，就會被詛咒。這樣的詛咒會束縛人心，將人心凍結，是非常危險的產物。被不安的詛咒困住，就會選擇不該走的路、做不該做的事，墜落負面漩渦，最後被黑暗吞噬，把其他人也都捲進去。

那麼，怎麼樣才能脫離詛咒呢？

成親知道該怎麼做，昌親也知道。昌浩可能知道，但也可能沒想到。這就是經驗值的差異。

成親閉上眼睛，嘆口氣。

他暗自祈禱，希望昌浩會想到。只要想到，就能打開一條活路。

螢與神將們的存在，會成為關鍵嗎？或是只有目前不在這裡的女孩，才能左右昌浩呢？

閉目沉思，過了好一陣子，成親緩緩張開眼睛，有氣無力地說：

「有沒有辦法知道皇宮裡的狀況？」

昌親倒抽了一口氣。

儘管兩頰消瘦凹陷，肌膚還沒有絲毫血色，成親的雙眸卻炯炯發亮，幾乎看不出疫鬼還盤據在他體內，繼續削弱他的體力。

「哥哥……」

成親看著弟弟的目光更加激動了。

「無論如何，我都要洗清昌浩的汙名——讓對方後悔莫及。」

也不知道是在向誰宣戰。

他說等著瞧吧，我一定會讓對方生不如死。

2

犯下滔天大罪的安倍昌浩，已經逃亡十天了。

打雷引起的火災，沒有帶來太大的災害，很快就收拾乾淨了。

故佈死亡疑陣，逃過追捕的昌浩，依然行蹤不明。

陰陽寮的陰陽部、天文部、曆部的三名博士，都各自有事請假缺席。

他們不在的這段期間，職務由陰陽助①們兼任。但這樣下去，遲早還是會耽誤到什麼事。

聽說陰陽博士安倍吉平總算醒過來了，正在慢慢好轉中。對他下毒的犯人，還沒查出來，但大家還是希望他可以早點復原，回到工作崗位。

天文博士安倍吉昌，因為觸穢請了很長的凶日假，還不知道什麼時候能銷假回來。他的兒子昌親也一樣，天文部的人都很擔心他們。

在曆部，經常從職場消失卻還是備受曆生們信任的安倍成親，聽說是得了重病，暫時不能入宮，曆生們都兢兢業業完成工作。

三個部署都有共同的憂慮，只是沒有人說出來。

吉平、吉昌、昌親、成親都是昌浩的親人。

沒有人談過他們四人會怎麼樣。所有人都有種難以言喻的預感，總覺得隨便提起這件事，會造成無法挽回的遺憾。

殿上人都竊竊私語，說當今皇上會嚴厲下旨，搜出安倍直丁格殺勿論，聽說是與前幾天搬出後宮的皇后的病因有關。

有流言說皇后的病因源自於安倍直丁，必須剷除根源，皇后才能痊癒。

這樣的流言，陰陽寮也略有所聞。同時，也聽說了藤原伊周請來陰陽師占卜的事。

這件事觸怒了陰陽寮所有人，只是沒有人公然討論。

陰陽寮的人都是正式的宮廷陰陽師，為什麼皇上不重用他們，卻重用一個來歷不明的術士呢？

只要皇上下令，他們就會占卜。從陰陽頭②到所有陰陽寮的官吏，都這麼想。其中當然也有人不會占卜術，但這只是感覺的問題而已。

藤原公任還沒清醒。受重傷的他，一直躺在典藥寮的房間，保持絕對安靜。前幾天總算度過危險期，被謹慎地送回了自己家。由典藥寮的藥師輪流看護，有什麼狀況就會立刻通報皇宮。

藤原敏次看看手上的曆表，嘆了一口氣。

這是直丁安倍昌浩製作的曆表。月底時抄寫必要張數的曆表，分送到各寮、各部署，是他的工作之一。

仔細看，筆跡工整多了。以前，敏次曾經送他藤原行成抄寫的書，當成謝禮。他說他要把那本書當成範本，每天練字。看來，他真的兌現了他的諾言。

他知道只要孜孜不倦持之以恆，就一定會進步。

敏次看著曆表上的日期。發生那件事後已經十天了，時間過得好快。

安倍昌浩真的還活著嗎？隨著時間流逝，陰陽寮的人們開始這麼交頭接耳地議論起來。

聽說昌浩依然下落不明。衛兵們找到眼睛充血，還是連線索都沒找到。

身為親戚的參議藤原為則在吉野的山莊，也被搜查了。

這些消息都是敏次從藤原行成那裡逐一聽來的。其中有很多是他不該知道的事，但行成知道他不是那種會到處說的人，所以相信他，統統告訴了他。

事件發生後，敏次就知道起因在於皇后的病。現在幾乎所有陰陽寮的人都知道了，敏次也知道大家都認為，安倍直丁不可能做出那種事。

因為沒有任何理由。敏次也這麼想。

昌浩詛咒皇后，有什麼好處呢？他還年輕、不夠成熟，若說是有人委託他做這種事，那麼還不如委託他的祖父大陰陽師安倍晴明吧？這樣快多了，又有保障。這種話不能明說，卻是所有人心中真正的想法。

敏次打算等公任醒來後，立刻取得許可，直接去問他事情經過。當公任還留在典藥寮時，他是這麼想的。

然而，事與願違，公任還沒清醒就被送回家了。敏次跟公任不曾往來，沒有理由特地去他家拜訪。

「怎麼辦呢……」

敏次放下曆表，邊繼續工作，邊想著怎麼樣才能見到公任。

這時候，臉色蒼白的陰陽生同事們跑過來找他。

「不好了，敏次……！」

看到同事們驚慌的模樣，敏次感覺大事不好，皺起了眉頭。

「怎麼了？」

「博士、博士們可能會被罷免。」

敏次也啞然失言。

「為……為……！」

他想問為什麼，但把話吞下去了。

還用問為什麼嗎？

當然是因為他們是昌浩的親人。這是大家原本就擔心的事。

可是從實務面來看，這顯然是愚蠢的行為。

陰陽寮的最高位者，確實是陰陽頭，然而，統籌陰陽部、天文部、曆部，處理所有實務的人，當然是博士。

實際掌管各部署的博士，各個德高望重，又都是安倍晴明的子孫，與生俱來的才幹，遠遠勝過陰陽寮的其他人。

大家甚至認為，安倍吉昌將來很可能成為陰陽頭。罷免他們，等於是把這樣的人才一舉割捨了。

「已經決定了嗎？」

敏次驚訝地站起來，同事們壓低嗓門說：「還沒，聽說剛提出來而已。」

陰陽頭接到皇上的旨意，大驚失色，冒死進諫表示反對。

要說連坐法，的確是該這麼做，可是會使陰陽寮大受打擊。陰陽寮跟其他部署不一樣，雖然地位不高，卻擁有政治上不可缺少的技術和知識。說起來，算是知識中樞。

這個國家的政治，掌握在皇上與殿上人手中。但皇上應該知道，陰陽寮製作的曆表、觀星的結果、占術，才是政治的根本。

「捨棄吉平大人，究竟要找誰當陰陽博士呢？」

「吉昌大人也是啊，除了晴明大人外，沒有人有他那樣的預言能力了。」

「以後會變成怎麼樣呢……」

每個人都臉色發白，爭相說出自己的不安。

敏次咬住嘴唇。

這是很不好的現象。不安會招來不安、培養不安，造成更大、更沉重的不安，把懷抱這種不安的人緊緊困住。不好的想像會無限延伸，讓人產生那些都是事實的錯覺。不安會成為事實，通常都是被困住的心所帶來的結果。

「既然還沒決定，就不要想到時候該怎麼辦。」

敏次以僵硬的嗓音制止，所有同事都驚覺地閉上了嘴巴。

他們有強烈的言靈。而且說到言靈，壞的言靈又比好的言靈更具影響力。

他們都是學習陰陽道的人。這種時候該怎麼消除不好的言靈，他們都有這方面的本領。但還不夠成熟，所以要學習。

陰陽生們露出嚴肅的表情，各自回到工作崗位上。

敏次坐下來，雙手握緊拳頭。

這樣下去不行。所有事都往不好的方向發展中。

他把手放在胸前，審慎思考。

前幾天做的式盤占卜卦象，他抄在紙上，收進了懷裡。他想拿給誰看，找人商量。這個人不能是權博士③或任何陰陽師。很抱歉，他不得不說，他們的力量與陰陽博士安倍吉平相比，遜色太多了。至於陰陽助或陰陽頭，他也不敢隨便找他們討論。

他走到外廊，眺望東方天空。

「有沒有辦法見到安倍家的人呢……」

有衛兵監視著安倍晴明府邸，出入安倍家的人都會被嚴格盤問。他去拜訪在家齋戒淨身的吉昌，也不知道監視的衛兵會不會讓他進去。

他必須想辦法製造見面的正當理由。成親應該也在吉昌家。行成說成親的夫人有寫信給他，信中提到昌親也在那裡。

「我必須想辦法，把這個卦象拿給他們三位看……」

敏次喃喃自語，咬住嘴唇。他對自己的能力不足感到懊惱。更有實力的話，就不必靠他們了。

發生兇殺案那天引起的火災，情況不是很嚴重。燒毀的建築就推倒重建，損害沒那麼嚴重的地方，便進行修繕。

昌浩依然行蹤不明。敏次喃喃祈禱，希望他平安活在某處。

「絕對不要被抓到啊，昌浩……」

快到陰曆十一月中旬了。

在家齋戒淨身，一直沒有入宮的安倍吉昌，現在又以其他理由缺席。

下午，直盯著曆表看的吉昌，在自己房間的矮桌前坐下來，開始寫字。

他在矮桌前大約坐了兩個時辰，臉色凝重，嘴巴緊閉成一條線，拚命寫著什麼。

「父親，可以打擾一下嗎？」

是次男昌親。

「可以。」

吉昌在回應時，也還是繼續振筆直書。

昌親走進房間，看到矮桌旁堆滿凌亂的文件，還以發生了什麼事，驚訝地眨了眨眼。

「父親，這是……？」

跪坐在父親後面的昌親，不知道該不該看。吉昌背對著他說：

「天文部的職務交接時，可能需要這些文件。」

父親這句話讓昌親張口結舌。

吉昌停下筆，淡定地說：

「總不能毫不負責地丟下不管吧？我想儘可能做好準備，不要給陰陽寮的人帶來麻煩。」

放下筆，把寫完的文件移到地上後，吉昌又準備了新的紙張。

企圖殺害殿上人，成為通緝要犯的昌浩，是吉昌的兒子。所以他必定會因為連坐法被罷免、剝奪官位。

事情發生得太突然，想必天文部的人已經陷入混亂。倘若天文博士又被罷免，即便是預料中的事，也會使部下們更加惶恐不安。

他必須事先做好安排，儘可能消除他們的不安，讓他們可以像平日一樣執行業務。

他認為這是身為天文博士的自己，最後該盡的義務。

他背對著兒子說：「把這些文件做完後，我打算寫信給陰陽頭和左大臣。」

昌親默默注視著父親的背影。

「我願意放棄我的官位與高祿，請他們放過我哥哥和你們。」

「父親?!」

昌親不由得大叫，吉昌沒有回頭看他，沉著地搖搖頭說：

「什麼都不用說。我還不知道光憑我這麼做，能不能解決這件事……」

在被罷免前，先主動奉還官位，說不定對事情有幫助，吉昌懷抱著這麼一線希望。

正襟危坐的昌親，雙手緊緊抓住膝蓋。

「父親，昌浩是清白的。」

「嗯。」

「他什麼都沒做，皇上卻……」

「話是沒錯，」吉昌的聲音有些顫抖，「但公任大人被什麼人殺傷，是不可否認的事實。而昌浩當時在場，也是事實。」

昌浩什麼都沒做。對這件事，吉昌也從來沒有懷疑過，但無法證明。

既然這樣，他只能全力以赴，儘可能不讓家人受到牽連。

「你也盡量不要外出，避免不必要的懷疑。」

「可是，父親……」

「對不起……」

昌親倒抽了一口氣。

父親的肩膀微微抖動著。

他瞥過父親寫的文件，不禁瞠目結舌。

父親寫字向來工整，文件上卻處處可見潦草的字跡。仔細一看，矮桌前還散落著好幾張寫錯的紙。

吉昌把筆擱在文件箱上，垂頭喪氣地說：「現在必須盡量避免刺激皇上。」

根據某術士占卜出來的卦象顯示，詛咒皇后定子的陰陽師，會在皇宮內犯下兇殺案。

結果昌浩就殺了藤原公任。

術士死了，詛咒就會失效。所以逃亡的昌浩被追捕。皇上深信，只要昌浩還活著，皇后就會有生命危險。

在相信昌浩的同時，吉昌也必須保護家人。

包括兩個兒子和他們的家人、哥哥全家、妻子的親族。皇上愈憤怒，受連坐法牽連的人就愈多。

昌親搖著頭說：「可是、可是，這樣的話……」

再也說不出話來的昌親，種種情感縱橫交錯，暴漲起來，充塞心頭。

「父親，何不徵詢祖父的意見呢？」

「不可以。」吉昌嚴厲地說：「你祖父在伊勢有重要的任務。通知他的話，他無論如何都會趕回京城，那就是違背了皇上的旨意。」

他聽說吉平和成親的事，就已經唏吁不已，感嘆自己這種時候居然不在京城、感嘆不能陪在家人身旁。

當時吉昌就決定，不能再讓他為任何事操心了。

告訴他，他也不能回來。就算是安倍晴明，也不能違背皇上的旨意。既然這樣，通知他只會讓他痛苦而已。

「皇上現在是疑心生暗鬼……」

被感情左右，就看不清楚事情的真相。皇后的病才是主因。

沒人來他們家拜訪，他們也不能入宮，完全不清楚皇宮內的狀況、也不清楚皇后的病情。

「你千萬要忍住。萬一不只昌浩，連你們都出了事，我會……」

面對已經說不下去了的吉昌，昌親不知道該怎麼接話才好。

這時候，十二神將天一在他們前面現身。

她端坐在吉昌身旁，若無其事地收拾凌亂堆疊的紙張，緩緩開口說：

「吉昌大人，你太小看晴明大人了。」

安倍父子反射般望向貌美的十二神將。

比天空顏色淺淡的眼眸，平靜得像清澄的水面。

「無法挽回時才被告知，是最令人難過的事。」

「可是，天一……」

神將打斷吉昌說：「你想讓我的主人悲嘆什麼事也不能做嗎？」

「這……」

從頭到尾都很平靜的話語，深深刺痛了吉昌的心。

天一注視著吉昌，他的表情就像個受傷、被苛責的孩子。

「吉昌大人從小就溫和善良，不想通知晴明大人，是擔心他年事已高吧？」

經天一指點，昌親才赫然驚覺，她說得沒錯，動不動就被他們當成最後救命繩的祖父，已經相當高齡了。

包括他在內的孫子們，從有記憶以來，對祖父給的印象就沒有多大改變。但是身為兒子的吉平、吉昌，都是看著父親隨著自己的成長逐漸老去。

晴明的外貌確實已經比吉平兒時所見老了許多。不論外貌再怎麼精神、健壯，都掩蓋不了這個事實。

代替母職，把吉昌帶大的神將，用訓誡兒子般的語氣接著說：

「可是你這麼做，晴明會很難過，他比誰都知道自己有多無力。」

然後，她露出了平和的微笑。

「你還是跟小時候一樣，什麼事都想自己扛起來，晴明大人一直很擔心你這種個性。」

失去若菜的晴明，為了忘記悲傷，每天埋首工作，不太照顧孩子。後來他非常後悔，說孩子們可能比他還難過，他卻從來沒有替他們想過。

吉昌忍不住雙手掩面說：「可以的話，我多麼想替他承受……！」

這就是他對昌浩的心情吧？他好想大聲說，那孩子怎麼可能做那種事！

然而，這是感情。用自我的感情與激動的皇上對峙，必會招致決裂。

不能為兒子的危機採取任何行動，吉昌焦慮、悲嘆，深深感覺到自己的無能，所以不想讓父親也嘗到同樣的滋味。

太陽西下，夜幕覆蓋了世界。

昌親先確認四周有沒有監視的衛兵，確定沒有，才從大門悄悄溜出去。

妖車停在戾橋下。

昌親很快從河堤爬到橋底下。即使有人走過，也看不見這裡。

《二哥，怎麼了？》

牛車妖怪先是瞪大了眼睛，接著露出驚恐的表情。

《是不是發生了什麼大事？難道是主人……?!》

昌親邊注意橋上的動靜，邊壓低嗓門，對車轅彈跳起來、臉色發白的妖車說：

「不，不是那種事。」

車之輔鬆口氣，把車轅放下來。

這個妖車是昌浩唯一的式。那天晚上，它協助昌浩成功逃出京城後，又悄悄回到了這裡。

流著淚的車之輔說它很想跟去，主人卻叫它回京城，還對它說「是我的式就要聽從命令」。昌親拍拍它的輪子，安慰它。

「車之輔，我們不能自由行動，可是必須知道皇宮內的消息。」

譬如皇上的動向、皇宮內的貴族們都在談些什麼、搜索昌浩的結果、藤原公任的狀況等等。

「你可不可以去請小妖們幫忙？」

安倍家的人都沒辦法行動。即使可以行動，他們的身分地位也太低，很難取得皇宮內的消息。

小妖們就不一樣了，不管是皇宮裡的寢宮，或是更裡面的後宮，它們都可以自由進出。寢宮設有好幾層的結界，用來保護皇上和皇后，可是不會網住無害的小妖們。它們沒有惡意，所以不會被攔阻。

車之輔表情嚴肅地說：

《知道了，交給在下吧，在下一定會帶回好消息！》

昌親叫住說完就要衝出去的車之輔。

「車之輔，還有一件事。」

《什麼事？》

妖車慌忙回頭。

「我還想跟待在參議家的天后，和待在我家的太裳取得聯繫，不知道你能不能幫我們傳遞消息……」

昌親還沒說完，車之輔就啪唦掀起了前後車簾。

《知道了！》

衝上斜坡的車之輔，轉眼間就不見了蹤影。

昌親苦笑起來。

車之輔回來後，意志消沉，看起來很可憐。它想為昌浩做些什麼，哪怕是一點小事都好。昌親了解它的心情，因為他也想為昌浩做些什麼。

在比上弦月稍亮的月光中，昌親注視著自己的雙手。傾斜的月亮就快沒入天際了。

昌浩逃離京城的那晚是在月初，也就是新月的時候。送弟弟離開前的瞬間，將弟弟舉起的重量，還殘留在他的手上。

每晚看著月亮逐漸變圓，他就痛恨自己的無能。

現在他還是不知道該如何突破這個僵局。

「昌浩，你現在在哪裡……？」

有兩名神將相隨，昌浩絕對不會有事。這是他唯一確信的事，也是他唯一的安慰。

如果哥哥說得沒錯，昌浩他們就不是前往吉野的山莊。那麼，沒有地方可去的昌浩，現在在哪裡呢？

同行的螢的臉閃過昌親腦海。

昌浩沒有地方可去，最後可能會由她決定去處。

去播磨的神祓眾之鄉，昌浩或許可以得到保護。

但是，他將被迫做出選擇。對神祓眾來說，是令人雀躍的選擇，昌浩卻未必會做這樣的選擇。

「月神請保佑他……」

昌親虔誠地祈求高掛天空的月神，保佑弟弟平安無事。

小怪的陰陽講座

①陰陽助：輔助陰陽頭的次官。

②陰陽頭：陰陽寮的總長官。陰陽寮長。

③權博士：輔助各博士的官職。

3

◊ ◊ ◊

猛然張開眼睛，只看見漫無邊際的黑暗。

微弱的灰白光線，掠過視野角落。

「螢火蟲……？」

他喃喃自語後，很快就發現不是。

多麼幽靜、祥和的黑暗。他認得這樣的黑暗。

再往前走，就是邊境河川。他心愛的妻子就在岸邊等著他，可是除非發生什麼大事，否則他去不了那裡。

要取得許可才能去。而他知道，他暫時還得不到那樣的許可。

那麼，自己為什麼出現在這種夢與現實的狹縫間的黑暗裡呢？

這裡是夢殿。

是神與魔與往生者居住的幽界。

伸手撫摸下巴時，他發現手指的皮膚充滿彈性，不由得屏住了氣息。

自己居然是年輕時的模樣。明明以老年的、現在的模樣出現也可以，為什麼會變成年輕的模樣呢？

晴明經常作夢。在夢殿會發生種種事。除非有特別需要，否則都是以現實中的老人模樣出現，偶爾才會變成年輕時的模樣。

這種時候，有時會出現不太想見到的冥官大人。

只有垂死的時候，才去得了邊境河岸，所以晴明並不期望這種事發生。見到妻子很開心，但也很困擾，因為他知道無論如何都會把她惹哭。

「這次會遇到什麼呢……」

晴明喃喃自語，環顧四周。灰白色的微弱光芒，到處飄舞。這是他幻想出來的光景。

那些微光莫名地攪亂著他的心。說不清楚為什麼，就是有種直覺。

是什麼事的前兆嗎？還是已經發生了什麼事？

神情凝重地盯著微光，晴明的鼓膜裡聽見了咯噔的腳步聲。

他回頭看。灰白色的微光啪地散開來。

失去亮光的地方，黑暗濃得化不開。定睛一看，前方有排堅硬的巨石。

晴明往那裡走去。眼前的石頭平淡無奇，比他高一些，表面平整光滑、冰涼。旁邊的石頭，稍微有點粗糙，但同樣冰涼。

集中注意力的晴明，察覺有動靜，皺起了眉頭，雙眼綻放出犀利的光芒。

他默默結起刀印，架在嘴邊，酷烈的視線對準石頭後方。

「——嗡……」

「等、等等！」

剛要唸咒文，就從石頭後面傳來制止的聲音。

晴明倒抽了一口氣。

剛才的聲音是？

瞠目結舌的晴明，全身僵硬，不禁懷疑起自己的耳朵。

那是已經消失了很久的聲音。他以為再也不可能聽見，早已跟種種思緒一同放棄了。

「等等，不要動。聽見了嗎？絕對不要動。千萬不要從石頭的縫隙偷看，不然會很慘，會發生大事，知道嗎？知道了就回答我啊！」

「…………」

大受打擊，整個人呆住的晴明，使出全力解除刀印，慢慢用手掩住眼睛。

——這裡是夢殿。

自己不是知道這傢伙也在夢殿裡嗎？

他完全忘了這件事。明明存在，卻從未出現過，這讓他感受到近年來不曾有過的驚愕。

堂堂安倍晴明居然嚇成這樣。

「喂，你聽見了嗎？喂？……晴——明——？」

「…………」

這傢伙在開什麼玩笑！

晴明不知道能不能召來雷神，但現在他真的很想唸召喚雷神的咒文，把那排石頭全炸開。

不，等等，這裡是夢殿，是神居住的幽世，應該比現實世界更容易召喚雷神吧？

可能是瞬間在腦中盤算的晴明，散發出了某種氣息，石頭後面立刻傳來緊張的聲音。

「等一下，我覺得你在想什麼可怕的事，該不會是突然想召喚雷神那種可怕的事吧？哇，還真有可能啊！」

驚慌失措中，那說話方式就像把人當成傻子，跟以前一樣教人受不了。

「你在那裡做什麼？」

兇巴巴的晴明，使勁扯開了喉嚨叫喚。

「——岦齋。」

他想若不多使點勁兒，在叫喚這個幾十年不曾喊過的名字時，怕是會抖得很難看。

過了好一陣子都沒有回應。

晴明焦急地跨出腳步，想走到石頭後面。岦齋察覺他的動靜，立刻大叫：

「等等！站在那裡不要動，不然我可是會出大事的！」

「哦？」

眼神冰冷的晴明，喃喃低吟，不情願地停下了腳步，雙臂合抱胸前，半瞇起眼睛說：

「會出什麼大事？」

岦齋大嘆一聲，回應他冰冷無情的語氣。

「我們來談更重要的事吧？」

「你連臉都不敢露，我幹嘛聽你的？」

晴明間不容髮地回嗆。在石頭後面無言以對的岦齋，又大大嘆了一口氣。

然後，他似乎笑了起來。

「你一點都沒變呢，好像還比以前更厲害了。」

這都該怪誰呢？晴明在心中這麼抗議，就聽見帶點困窘的聲音說：

「都該怪我吧。」

「……」

晴明一時說不出話來。

對方答得太老實，他反而不知道該怎麼回嗆了。

語氣突然開朗起來的岦齋，若無其事地對接不了話的晴明說：

「其實，我一直在這裡看著你。看著你這麼做、那麼做，這麼說、那麼說，太有趣了。」

晴明發直的雙眼，變得更嚴峻、更冰冷了。

「你一直記得我以前說過的話吧？」

岦齋的語氣聽起來很滿足，晴明平靜地回他說：

「什麼事？」

「算了，沒關係，你就維持這樣吧，這樣我也比較開心、愉快。」

「我問你什麼事？」

語氣有些嚴厲的晴明，其實知道岦齋說的是什麼事。

五十多年前，面臨悲慘死亡的榎岦齋，曾經試著顛覆那個預言。結果，預言還是成真了。而宣告了這個預言的，便是是妖怪——件④。

件對岦齋宣告的預言，是關於五十多年前在道反發生的事。

可是岦齋相信，自己能戰勝件的預言，頑強地活下來。還會被一堆孩子、孫子團團圍住，長壽到被嫌為什麼還不死，最後安詳地死去。

這是早已厭倦人生的晴明，從未想過、也沒有描繪過的未來圖像。

那種渺小又厚顏無恥的人生，他不想要，也不適合他，他毫無興趣。

「你真是個好人。」

跟當時一樣的聲音，也跟當時一樣撩撥著晴明的心。

直到豈齋死後，晴明才知道，不論自己的態度多差勁，都不會受到影響，也不會灰心喪氣的豈齋，竟被可怕的預言所束縛。

「晴明……」

「幹嘛？」

豈齋不再打哈哈，用沉重的聲音說：

「對不起……都是我不好。」

晴明閉上眼睛。再張開眼睛，深吸一口氣。

「少來了，現在道什麼歉。」

「雖然晚了點，但我一直想向你道歉啊，你就沒有絲毫的溫柔或體貼，去諒解好友的這種心情嗎？」

「那些東西都在這一瞬間消失不見了。」

兩人之間一陣沉默。

「……你好過分！我活到現在，一直想著哪天一定、一定要向你道歉，你卻說得出

這麼絕情的話。」

「活到現在？」

晴明懷疑地複誦著。

他的直覺反應是，能把「活到現在」這句話說得這麼順理成章，真不愧是榎岦齋。

察覺說錯話的岦齋，毫不以為意地更正說：

「啊，我已經死了哦？沒關係，這不重要。」

死跟活明明差很多，可是榎岦齋就是這樣的人，完全不在意那種細節。

晴明拍拍額頭，嘆了一口氣。這樣下去，只會被岦齋牽著鼻子走，逐漸遠離話題核心。

「你在這裡做什麼？」

風音進去天岩戶洞穴裡找脩子時，就是遇見了這個男人。晴明想起那個堅強的女孩，驚慌得教人心疼，彷彿就要崩潰的模樣。

「話說，你幹嘛躲在石頭後面？如果沒做什麼虧心事，就出來見我。」

岦齋咿唔低吟著，好像很為難。

「岦齋？」

晴明訝異地把手伸向石頭，他才支支吾吾地說起來。

「呃，老實說，我根本不該來這裡。被發現的話，不知道會被說什麼、會被怎麼處置，很可怕呢。」

儘管岦齋省去了被誰說什麼的「誰」，晴明還是知道他說的是誰。

「那個男人嗎？」

「對，就是那個男人。」

他們彼此都沒說出那個名字，因為他們都深深覺得，說出那個名字，那個人就會出現。

「所以，我必須簡單扼要地告訴你。」

「……」

省略之前這冗長的前言，不就可以更早進入主題嗎？晴明無言地想著。可是他有預感，現在戳破這一點，恐怕會再偏離主題，只好默默聽岦齋說。

「現在的確發生很多棘手的事，可是晴明，你還記得那個男人不久前跟你說過什麼吧？」

晴明眨了眨眼睛。

他在記憶中搜尋。

應該是那傢伙突然在伊勢出現時的事吧？那傢伙就是身穿黑衣的冥官，像平常一樣，把自己想說的話說完，就帥氣地消失了。

「那是非常重要的話。記住了，晴明，要保持冷靜，眼光放遠，不要感情用事。」

好認真的語氣，教人很難置若罔聞。

「什麼意思？」

聽見晴明的疑問，岦齋似乎在石頭後面搖著頭。

「對不起，我不能再說了……」

他是瞞著那個男人來的。話說得這麼曖昧，是為了事後被追究起來，也可以搪塞得過去。

「老實說，連跟你說話都不行。」

晴明感覺他似乎深深嘆了一口氣，疑惑地瞇起了眼睛。

「……你在做什麼？」

「嗯？啊……呃，散步？」

「哦？」

更具威嚴的低吟聲，把岦齋嚇得咿咿唔唔了好久。

隔著石頭，叉開雙腿、合抱雙臂站立的晴明，散發出無言的氣勢，逼得岦齋不得不支支吾吾地說：

「呃……算是在幫忙吧？」

「幫誰？」

不用確認也知道他在說誰，但謹慎的晴明還是問了。

「就是那個老跟麻煩一起出現，再把麻煩推給別人的窮兇極惡的傢伙。」

是不是極惡不知道，但的確是窮兇。
「為什麼幫他？」
「…………」
「岦齋。」
在晴明的逼問下，岦齋硬擠出了一句話。
「因為他說可以贖罪……」
正確地說，應該是「想贖罪就得聽他使喚」。那個男人的俊秀臉上掛著淒厲的笑容，再用著近似恐嚇的語氣對岦齋說出了這句話。
還說如果哪天做得令他滿意，就會讓岦齋重新投胎轉世到那個男人所生存的時代裡。
既沒有訂定明確的期限，也沒有清楚的成績標準。
這種絕對不利的交易，岦齋居然答應了。
這五十多年來，他都躲著偶爾會來夢殿的晴明，絕對不跟晴明碰面。除了在冥官的指示下，完成種種工作外，他還悄悄做些可以幫助人們的事。
他在夢的世界，默默關注著晴明在現世的生活。
沒多久後，岦齋就發現了一件事。
晴明編織的人生，正是他某天對晴明說過的未來圖像。

他一直很後悔，讓晴明背負這樣的壓力。

「對不起，晴明，我改變了你的命運。」

晴明對黯然道歉的岦齋微微一笑說：

「臭小子。」

剛開始，他的確是想嘗試追逐岦齋心中描繪的未來。

岦齋輸給了預言，命喪黃泉。所以晴明試著活在他眼中的世界、活在他期盼中的世界。

然而，不知不覺中，這樣的生活卻成了晴明自己的意願與期望。

岦齋的確是個契機，但無庸置疑的是，晴明的意志選擇了現在的自己。

「少臭美了，這是我的人生，不要以為你能隨意改變。」

被晴明狠狠駁斥的岦齋，在石頭後面嘆了一口大氣。

「你變得愈來愈討人厭了，是不是被那個男人感化了？」

「不要說這種話，開玩笑也不行。」

「一定是。」

岦齋站起來，一本正經地回應沉下臉來的晴明。

「聽著，這裡是夢。在這裡看見、聽見的事，全都發生在夢與現世之間的狹縫。」

儘管如此，夢還是會描繪出真實。對身為陰陽師的他們來說，這些既是現實也是事實。

「那個男人愛捉弄人，又尖酸刻薄，個性不好，做人也很差勁，但他說的話不會有錯。」

相較於他，晴明再怎麼達觀，畢竟是人類，有時還是會感情用事。

冥官和岦齋都知道，什麼事會擊垮晴明的理性。

所以岦齋才會不惜觸犯禁令來見晴明。

「晴明，千萬不要犯錯。你做什麼選擇、決定怎麼做，將會扭曲許多命運。」

晴明看到他在石頭後面站起來的背影。

全身黑衣的他，看起來就像那個男人，若不是聽見他的聲音，晴明大概分不清楚是誰。

「這模樣不適合你。」

晴明老實說出來的感想，停住了岦齋正要離開的腳步。

「少囉唆，這也是沒有辦法的事，被發現的話就糟了。」

背對著晴明，憤然拱起肩膀的岦齋，忽然全身僵硬。

晴明透過他的肩頭，看到自己最不想見到人，正合抱雙臂，面無表情地站在岦齋前面。

空氣緊繃起來。岦齋像被蛇盯住的青蛙般凝然不動，冥官注視著他好一會後，猛然轉過身去，消失在黑暗中。

不只岦齋，連晴明都緊張得忘了呼吸。再怎麼說，這裡都是冥官的地盤。

岦齋對不由得喘口氣的晴明說：

「對了，有人要我轉告你，不要太逞強。」

晴明赫然抬起頭，看到背向他的岦齋舉起一隻手跟他說再見。

黑衣飄揚的身影逐漸遠去，與冥官消失的方向相同。

晴明對著已經看不見的背影，用苦澀的語調喃喃自語。

是誰叫他不要太逞強呢？他不用問也知道。

啊，原來她不能見的人只有自己。

感覺有點落寞，但說真的，也鬆了一口氣。在黑漆漆的河岸邊，忍受恐懼的她，倘若能因此稍微排遣恐懼與寂寞，也是值得慶幸的事。

「你們都太會操心了……」

從以前就是這樣，沒有改變過。

◊　◊　◊

麻雀的吱喳聲中，摻雜著烏鴉的叫聲。

晴明緩緩張開眼睛。

感覺天已經亮了，但還沒全亮，空氣中還殘留著夜的氣息。

他在睡衣上披件外褂，走出房間。打赤腳走在外廊上，腳底冰得超乎想像，全身瞬間冷了起來。

東邊山際已經變成淡桃色，飄浮著細長的雲朵。

冷冽的冬天氣息包圍著他。

吐氣成白煙，仔細一看，外廊的地板都結冰了。

他微微一笑，心想難怪這麼冷。

看著枯瘦如柴、爬滿青筋的手指，他知道這裡不是夢境，是現世。

晴明注視著黎明的天空，把冥官說的話從記憶深處撈起來。

「……他是說……」

——我是冥王的臣子，神明之類的事不在我的管轄範圍內。只有陰陽師可以同時接觸神與魔。但是，平定荒魂的關鍵，還是在於天照大神的後裔，也就是皇帝的血脈——

冥府官吏當時浮現的嘲弄笑容，閃過晴明的腦海。

——不管發生什麼事，都不要違抗。

晴明聽不懂話中含意，一身黑衣的男人便對他說：

——千萬不要感情用事，誤入歧途。有時候，感情是雙面刃。

啊，對了。想起來了。

當時，他判斷那些話應該是對未來的警告。

究竟意味著什麼，他還不知道。但是冥官都特地來告訴他了，可見一定是相當嚴重的事。

而且，在他遺忘時，岦齋又瞞著冥官來警告他。

他們都再三叮嚀他，不要感情用事。感情用事就會被不安困住。

人被不安困住，就容易走錯路，把無辜的人都捲進去，改變無數的命運。

尤其是安倍晴明，能影響的人數，恐怕又比一般人多很多。

這是雙重的警告。

「……平定荒魂的關鍵，還是在於天照大神的後裔……」

晴明把手指按在嘴唇上，沉思地低喃著。

話中說的絕對是內親王脩子。

等冬至過後，伊勢完全平靜下來，她就要整理行裝，返回京城了。不管來伊勢的原因是否跟檯面上的理由不同，晴明都只是陪著她來而已。晴明離開的時候時，就是脩子回京城的時候。

生病的齋王恭子公主，病情時好時壞。脩子早已下定了決心，在確定齋王好轉之前，會待在伊勢完成使命。

那麼，那個冥官為什麼還要這樣再三叮嚀呢？難道是發生了什麼事，只是自己不知道？

神情凝重的晴明，陷入了沉思。十二神將青龍在他身旁現身。
「晴明，天氣這麼冷，你在做什麼？」
「……」
晴明深深嘆了一口氣。
他知道青龍是關心他，也感受得到那份心意。無奈的是，青龍的措詞總是太過刻薄。
「看就知道吧？我在提神醒腦，思考事情。」
「那也不必待在外面吧？」
伊勢的天氣愈來愈冷，的確對衰老的身體不好。
「在外面思緒比較清楚。」
晴明才這麼反嗆回去，太陰就在青龍旁邊現身了。
「喂，晴明，你的臉色不太好喔，快進屋內。」
接著玄武也現身了。
「晴明，我在火盆裡加了木炭，快進去取暖，你的腳趾頭都發紫啦。」
「快，快進去，把身體搞壞就糟了。」
「沒錯，在京城的吉平和成親都出了狀況，吉昌他們已經夠煩了，你要照顧好身體，不要讓他們擔心。」

「玄武說得沒錯。」

板著臉的太陰點頭說完，青龍就狠狠瞪著晴明。

晴明一副有話要說的樣子，最後還是不得不順從他們。

「好囉唆……」

不過嘀咕一下，三雙眼睛就同時瞪著他。

自從接到京城發生大事的消息後，神將們比平常更注意晴明。

雖然魔手不太可能伸到遠離京城的伊勢，但還是不能疏於防備。不在這裡的白虎與六合，是為了預防萬一，在脩子那裡待命。

太陰和玄武白天大多待在脩子那邊，等她就寢後才回到晴明居住的地方。回來也沒什麼事做，他們只是想儘可能盯著晴明。

坐在火盆前取暖的晴明，肩上披著好幾件衣服。

「你們披的衣服很重欸。」

「忍耐點，晴明，誰叫你把手腳凍成這樣。」

盤坐的膝蓋上也披著衣服，裡面塞著溫石。不知道什麼時候準備好的。

太陰握住晴明在木炭上取暖的手，目光如炬。

「真是的，你從以前就沒什麼神經，怎麼會這樣呢。」

「既然是從以前就這樣，你們可不可以不要太在意？」

「以前年輕沒關係。」

玄武在火盆裡加入新炭，邊用火箸撥動木炭讓火燒得更旺，邊把話說破。

晴明咳聲嘆氣。

在夢殿裡的岦齋不會老，永遠都是那個模樣。相對之下，自己在夢中雖是年輕的模樣，在現實裡卻已經是年過八旬的老人了。就某方面來說，也難怪神將們會對他過度保護。

「哈啾……」

晴明覺得鼻子有點癢，打了個小小的噴嚏。吸鼻涕時，他發現太陰、玄武還有靠著牆壁合抱雙臂的青龍，都露出可怕的表情，心想不好了。

可是已經太遲了。

「晴明，快躺下來。」

「我就跟你說了嘛。」

「要在惡化前趕快治好。」

「我去請藥師熬藥，你等著。」

太陰也不管天才剛亮就要衝出去，晴明用力抓住她的手。

「放心，我沒事，只是有點冷，不必那麼做。」

緘默不語的青龍，冷冷地叫了一聲：

「晴明——」

多麼駭人的氣勢啊，晴明縮起了肩膀。

對了，與播磨神祓眾的約定怎麼樣了？以狀況及年齡來看，只有昌浩符合條件。那之後事情應該有什麼進展吧？不、不行，進展得不好就麻煩了。既然不能當作沒那回事，就必須採取什麼行動吧？

晴明有任務在身，非待在伊勢不可。他想吉昌他們應該也拚了命在救成親吧？那之後沒再跟他們通過話，不知道吉平和成親是不是稍微好轉了。

不能待在他們身旁，令他焦慮。不能為他們做什麼，令他懊惱。

他好想現在就飛回京城。

岦齋應該是看透晴明這樣的心情才會出現。

冥官的話說得難聽，卻正中靶心。如果他為了父子及祖孫之情，離開了伊勢，齋王和內親王會怎麼樣呢？

吉平和成親都是晴明重要的家人，可是對國家來說，還是伊勢齋王、被召來這裡當依附體⑤的當今皇上的嫡長公主更重要。

晴明珍惜家人，是因為對他們的感情。但是他被再三告誡，千萬不能感情用事，所

以必須壓抑感情，嚴格約束自己。

這些道理他都明白，卻還是心神不寧。以前的他，還比較會自我克制。

「真的老了……」

晴明面對火盆，拱著背低聲說話。神將們一反剛才的態度，用非常哀傷的眼神看著他。

站在台子上，發出吆喝聲把箱子的蓋子往上推的猿鬼，用力挺直背脊、踮起腳尖大叫著：

「怎、怎麼樣？」

「等一下……呃……啊，找到了、找到了。」

爬上來的獨角鬼，栽進了箱子裡，然後從裡面拋出一顆球。

等在下面的龍鬼接住球後，獨角鬼又沿著箱子的邊緣爬出來往下跳，冒著危險跳落地面。這時已經用盡力氣的猿鬼，邊哀哀叫，邊蓋上了蓋子。

「好重……」

猿鬼動著肩膀，垮下了臉。獨角鬼和龍鬼在它旁邊輪流拍球，嘰嘰喳喳地嬉鬧著。

「可以跟小公主玩這顆球了。」

「小公主那顆球已經有點褪色了。」

這顆球是為脩子準備的備用玩具。要從京城出發時，為了謹慎起見，特別多準備了這顆球，可是脩子的箱子已經塞滿了，沒有地方可放，所以晴明答應風音的要求，放進自己的行李箱裡。

全新的球裹著錦緞，彈性非常好，色澤又鮮麗。脩子最近經常情緒低落，它們希望這顆球可以讓她開朗起來。

「人類的小公主喜歡什麼呢？」

「還是喜歡漂亮的東西吧？」

「那種東西小公主要多少都有吧？」

可是她卻幾乎不曾想過要為自己爭取什麼。

小小年紀的她，似乎已經懂很多事，小妖們都覺得這樣的她有點可憐。

「說不定她會想要新的娃娃。」

認真思考的獨角鬼舉起一隻手發言。

龍鬼拍手說：

「啊，好主意，小女孩好像都喜歡玩娃娃。」

它們經常觀察的安倍家，只有兒子，所以只能從平時同伴說的話中，判斷人類的小女孩喜歡玩什麼。

「找晴明做吧？他很會做這種東西。」

猿鬼這麼提議，獨角鬼和龍鬼都連聲說好，表示贊同。

話說晴明的確會做人偶，只不過那不是玩具，而是用來施法的道具。

可是小妖們哪管那麼多，興奮地鼓譟著。這時候，它們忽然發現，屋內牆邊的水鏡亮起了微弱的光芒。

「咦……？」

這種現象它們以前也見過。

晴明和神將們都不在家，去了齋王那裡，必須通知他們才行。

猿鬼負責把球送去給脩子，龍鬼和獨角鬼骨碌骨碌翻滾，趕去齋宮寮內院的齋王住處。

小怪的陰陽講座

④件：自古以來流傳於日本各地的妖怪，模樣就像「件」字，有牛的身體、人的臉。

⑤依附體：祭神時供奉的神靈代替物。替身。

4

水鏡的光芒逐漸減弱，浮現在鏡面上的吉昌和昌親的臉也慢慢消失了。

晴明在他們的身影完全消失後才垂下頭，無力地倚靠著憑几。

跟兒子們交談時，儘可能表現得很堅強的晴明，其實受到的打擊很大，心情也很沉重。

「晴明……」

端坐在一旁的玄武，擔心地叫喚。抱著膝蓋坐在他旁邊的太陰，不知道該說什麼，以複雜的眼神凝視著主人的背影。

青龍的臉色更嚴峻了，瞪視著半空中。

看著突然間好像老了許多的晴明，驚慌失措的玄武拚命想找話說，可是又覺得垂頭喪氣地靠著憑几的晴明，似乎拒絕任何人給他安慰。

不管任何人說什麼話，都只是形式上的幫助而已，不能改變當事人受到的打擊或發生的事。

晴明緩緩地做了個有意識的深呼吸。用比平時多一倍的時間，慢慢地吐氣、吸氣。

就這樣，他努力壓抑狂跳的心臟，試著讓動盪不安的心平靜下來。

——千萬不要感情用事，誤入歧途。有時候，感情是雙面刃——

那個男人指的就是這件事嗎？警告他不管發生什麼事，都不要離開這裡；不管多麼激動，都不能趕回京城。什麼都不知道的晴明，很可能拋開一切回去救昌浩，所以那些話是用來卡住晴明的楔子。

要洗清昌浩的嫌疑，幾乎是不可能的事。只有兩人獨處密室，醒過來時，就發現對方受了重傷。昌浩完全不記得發生什麼事了。神將們也不在現場，縱使在，他們的證言恐怕也不能推翻嫌疑。神將們是晴明的手下，近似親人，皇上不會採用他們的證言。

昌浩目前還是行蹤不明。有紅蓮和勾陣跟著他，相信不會有生命危險。可是，追兵沒有斷過。除非找到他，將他處決，否則皇上絕對不會放過他。

啞然無言的太陰，終於忍不住嘀咕了起來。

「怎麼會認為是昌浩對皇后下了詛咒呢……！」

受昌親委託的車之輔，把從京城小妖探聽來的消息串聯起來了。

皇后的病，是被下了詛咒。那天在皇宮行兇的陰陽師，就是下詛咒的人。術士一死，詛咒就會失效，所以無論如何都要剷除術士。

占卜出這個結果的人，是藤原伊周請來的播磨陰陽師。

晴明與播磨沒什麼關聯。在父親那一代，似乎發生過種種事，可是晴明從小到大都沒聽說過，父親什麼都沒告訴他就辭世了。

皇上相信那個播磨陰陽師占卜出來的結果，毫不懷疑。

這是最大的問題。並不是占卜出來的卦象準確，而是占卜如此顯示，所以陷入那種狀況的昌浩，就被當成了下詛咒的人。

昌浩被通緝，不是因為行兇。問題在於，把「占卜如此顯示，所以犯人是昌浩」當成根本依據。

皇上相信這種事，可以說是盲信，因為他深愛皇后定子。

沉思中的晴明，緩緩抬起頭，命令玄武從矮桌旁的箱子裡拿出草稈。

那是用於天津金木占卜術的道具。把木串般的細長草稈分成幾份，再由數量與擺放位置來讀取種種卦象。這是古事記中也有記載的占卜術，但顯示的卦象不夠精細。

草稈是來這裡才接觸的占卜道具，熟練度與平常使用的式盤差很多。要分析重大案件，最好是使用慣用的道具。

不過，晴明還是很後悔，沒有把自認為不擅長的道具摸熟。

這世上，很多事無法預測。他明明知道這個道理，卻還是因為脩子被召來伊勢這件事平安落幕，就疏於防備了。

大意必生破綻。這是晴明常對昌浩說的話，現在卻報應在自己身上。

老人甩甩頭。

他不能一直這樣沮喪下去。現在他必須待在這裡，不能離開。

據說皇后的病是被下了詛咒。真的是這樣嗎？在京城時，他曾被召喚入宮，為皇后進行病癒的祈禱。

那時候，並沒有發現詛咒的跡象。只要剷除「皇后的病因是詛咒」這樣的問題根源，皇上的心說不定就會稍微緩和下來。

然而，事與願違，草稈的卦象顯示，皇后的病就是被下了詛咒。

「唔……」

晴明咬住嘴唇，心想行不通嗎？

這時候，一直瞪視著晴明的青龍，叫喚心驚肉跳地看著晴明的太陰。

「太陰。」

青龍用下巴指使轉過身來的太陰說：

「去叫風音。」

「咦？」

青龍的藍色眼睛瞥了主人一眼，用冷淡的語氣粗暴地說：

「那個笨蛋，心情混亂，視野就會變得狹隘。」

聽懂青龍話中意思的太陰，沒有回話就衝出了房間。
沒多久，聽說這件事的風音與六合立刻趕來了。
風音的侍女服裝有點凌亂，像是匆匆趕來的。
晴明看見她，立刻挺直了背脊，不想在她面前丟臉。
「我聽說那件事了……謝謝。」
風音對拿坐墊給她的玄武簡短道謝後就坐了下來，把手指按在嘴巴上，露出深思的表情。
「晴明大人，可以請教一件事嗎？」
「什麼事？」
晴明知道自己的聲音沒什麼活力，因為還沒冷靜下來。
他有意識地端正坐姿，在心裡交互默唸神咒與祭文，試著振作起來。
「你是不是想從這裡的神將中，派一個回京城？」
留在京城的神將們，不是被某人的法術分別困在不同的地方，就是只能在一定的場所行動。晴明認為，失去自由，會使他們的思緒更加混亂。
晴明點頭稱是，風音顯得毫不意外，瞥了神將們一眼。
太陰晚了幾步回來。白虎隱身留在脩子那裡，他跟太陰說好，由太陰透過風把這裡的所有談話傳給他。

青龍察覺晴明的視線，緊繃著臉說：

「就算是你的命令，我也不會離開這裡，晴明。」

「宵藍？」

那句話出乎晴明意料之外。

「等等，我不是要你去昌浩、紅蓮那邊啊，我是希望你回京城，去協助吉昌他們……」

「昌親不是說十二神將進不了京城嗎？」

晴明喟然嘆息。

「我知道了，我不會叫你去。」

沒辦法，只好找其他人。

太陰察覺晴明的視線，沒等他開口就搶先說：

「我跟青龍一樣哦，晴明。」

「我也是。」

外貌像孩子的兩名神將，在晴明說話之前，就斷然拒絕了。

「我擔心昌浩他們……可是，現在是有人要陷害安倍家，既然這樣，接下來的目標可能是你啊，晴明。」

晴明被這句話驚醒，啞然失言。他完全沒想到這個可能性。倒是想過，就是因為他不在京城，才讓這樣的陰謀有機可乘。

「晴明，我們是你的式，我們的任務就是保護你。如果不能保證敵人不會攻擊你，我們就不能離開這裡。」

青龍沒說話，一副根本不用多談的模樣。

晴明只好轉向六合。沉默寡言的神將看看身旁的風音，好像有話要說。

早已料到神將們會有那種反應，只是默默看著他們的風音，表情變得有些緊張，對納悶的晴明說：

「老實說，前幾天公主好像見到了冥官。」

脩子說在她獨處時，不知道從哪冒出了穿黑衣的男人，對她說了些什麼。

風音問她到底說了什麼，她卻連一個字都不記得了。就像被施了什麼法術般，忘得一乾二淨。

「那個冥官不可能沒來由地出現……晴明大人，您怎麼想呢？」

晴明想起今天早上作的夢。

還有以前冥官說過的話。

——平定荒魂的關鍵，還是在於天照大神的後裔，也就是皇帝的血脈……

老人的心跳不自然地加速。

那個男人居然也在天照後裔脩子的面前出現了。

直到現在，晴明都認為冥官和豈齋的話，指的都是昌浩那件事。

但萬一不是呢？

會不會「不要感情用事」這句話，具有更深層的意義呢？

晴明的臉色發白。先入為主，錯看局勢，是占卜時常有的事。

顯示的卦象被先入為主的想法扭曲，就會偏離應有的結果。

當今皇上不就是掉入了這樣的陷阱嗎？

心臟不自然地怦怦狂跳著。仔細想想，除非發生國家大事，或是與這個世界相關的大事，否則那個男人不會出現，說那些語帶警告的話吧？

昌浩這件事，對安倍家來說的確是無可比擬的大事，卻也還不至於像上次牽扯到龍脈那樣，危害到神明的安全。

必須把冥官的話，跟昌浩的事分開來想，才不會錯判。就是因為有錯判的危險，豈齋才會再來叮嚀自己吧？

臉色愈發蒼白，幾乎失去血色的晴明，發出了嘶啞的聲音。

「宵藍——」

聲音顫抖的晴明，對著目光如電的神將說：

「謝謝你，你幫了大忙。」

青龍猛然瞇起眼睛，望向其他方向。

晴明嘆口氣，在膝上握緊了拳頭。

這種時候，不管神將們說什麼，恐怕他都聽不進去。青龍太了解他了，所以叫太陰去把風音找來。

風音是道反大神的女兒。面對她，晴明再怎麼樣也不好堅持己見。此外，雖然她認識昌浩，但畢竟不是家人，不像晴明他們那麼親近昌浩，可以從不同的角度來看事情。

連青龍都沒想到，會從風音口中聽到冥官這個名字。

晴明更用力握緊拳頭，恢復冷靜的表情。

「風音，我想拜託妳一件事。」

「請說。」

風音回應，晴明以深沉的眼神望著她說：

「不管京城發生什麼事，都不要讓她知道。」

風音知道他在說誰。

「我知道了……她說最近要寫信，我會想辦法阻止她。」

信送出去，也到不了昌浩手上。久久沒收到回信，她就會開始擔心。

晴明不想讓她為這件事煩惱。

更重要的是，身旁的人心神不寧，脩子也會受到感染，她比同年齡的小女孩聰明、敏感許多。

彰子如果可以像風音那樣，隱瞞到底也就罷了，但她不可能做得到，所以告訴她反而是殘酷的事。

「昌浩可能來伊勢嗎？」

無處可去的他，被迫逃亡時，大有可能逃向曾經去過的地方。

譬如出雲、伊勢、海津島。如果是離京城愈遠愈好，那麼也可能乾脆選擇去道反聖域。

有神將們陪著他，所以也可能出現這樣的提議。

「是有可能，就看昌浩怎麼想了……」

昌浩他們跟晴明之間，沒有聯絡管道。有風將在的話，就能靠風互傳訊息。可是太陰和白虎都在晴明這裡，他們想把風傳送給跟隨昌浩的紅蓮和勾陣，也不知道他們在哪裡，沒辦法傳送。

因為紅蓮和勾陣都隱藏了神氣。他們面對的敵人是個術士，會佈設阻撓神氣的結界，所以他們必須隨時提高警覺，儘可能壓抑力量，不要被發現。這兩名神將真要隱藏

保護昌浩。

敵人的身分又不可捉摸，所以他們兩人都不可能離開昌浩片刻。他們的使命就是保護昌浩。

現場彌漫著沉重的氛圍。

是太陰的聲音打開了這樣的僵局。

「啊——」

有些突兀的聲音，吸引了所有人的目光。

「風音，妳最好回去。」

太陰收到白虎送來的風，往內院方向望去。

「內親王和小妖們……妳還是趕快回去吧。」

風音眨了眨眼睛。公主跟小妖們在一起玩，有烏鴉嵬和彰子陪伴，還有隱形的神將白虎保護她。

究竟發生了什麼事？這裡是齋寮宮，應該不至於發生危險，但也不是絕對不會發生。

「是嗎？謝謝……那麼，晴明大人，我走了。」

風音行禮告辭，晴明也低下頭說：

「麻煩妳了。」

風音搖搖頭，對黯然垂下肩膀的晴明說：

「不用客氣，前幾天你也幫過我啊。」

晴明苦笑起來。如果告訴她，自己也夢見了那個讓她驚慌失措的男人，她會露出什麼表情呢？等哪天事情平息後再告訴她，說不定也能成為趣談。

走出中院的房間，在回內院的路上，風音神情凝重，緊閉著嘴巴。

她有種預感。雖然沒有清晰的輪廓，卻慢慢地、確實地逼向了她。一直以來，她都有這樣的感覺。

「風音——」

六合看到她那樣子，出聲叫她，她停下了腳步。

「我沒資格說什麼，可是……」

讓當今皇上下令處決昌浩的根本原因是什麼？

依法不得介入人界紛爭的冥府官吏，會出面干預，怎麼想都是那個原因。

在人界，只有皇上的血脈，會對人界與神界都產生影響。

「公主非常愛慕母親……那份感情堅定得令人驚訝。」

風音淡淡的語氣中，透露著沉重。

她曾經利用過公主那樣的感情。強烈到足以貫穿黃泉風穴的感情，甚至給了公主獨自進入天岩戶洞穴的勇氣。

最怕的就是支撐那份感情的根源不見了。

天照大御神的靈魂分身脩子會留在伊勢，說不定其中的涵義遠超過風音和晴明的想像。

風音甩甩頭說：

「其實，我不是很擔心昌浩。」

意外的發言，讓六合微微張大了眼睛。

風音仰頭看著高大的神將，嫣然一笑。

「長期以來，不管昌浩發生任何事，到最後關頭都會有人伸出援手，幫他度過難關吧？因為昌浩從來沒有違背過自己相信的正義，受到挫折時，也不曾見過他灰心喪志，選擇逃避。

即使痛苦、即使難過，即使差點走偏，昌浩還是能堅持到現在，就是因為大家都相信這種生存方式的昌浩，而昌浩也深深感受到他們的心意。

「有騰蛇陪著他，還有勾陣。神也會庇佑他。他受到這麼多的保護，所以我不擔心他。」

其實，晴明他們應該也都知道不用擔心他。

「該擔心的是，有人採取了什麼行動。那些看似各不相關的事，說不定都有關聯。

不知道最後會演變成什麼結果，我覺得有點可怕。」

風音自己不做占卜。她的占卜跟陰陽師不一樣，她有神明的血緣，占卜時大有改變事情發展方向的危險性。可能使該發生的事消失不見，也可能使不該發生的事發生。

有人暗中謀劃。不是這幾天才開始，是很久以前就縝密地、逐步地、確實地，將所有的事情導入了一定的方向。

必須在某個時點斬斷這樣的流向。

「晴明大人不在京城，說不定對某人來說是萬幸，只是不知道那人是誰。」

會是誰的安排嗎？是冥官？還是超越人類智慧的某位神明？

默默聽著風音說話的六合，感嘆地說：

「聽起來好像某種神諭……」

「或許是吧。」

風音平淡地說：

「不過，不是令人開心的那種。」

六合聽出她話中的沉重，默默敲了一下她的頭。

她再怎麼裝出若無其事的樣子，六合還是知道她背負著誰也不能幫她扛的重擔。最令六合懊惱的是，想幫她也幫不了。

神將率性的動作，令風音苦笑。那是沉默寡言的男人，微乎其微的心意表現。
然而，不可思議的是，光這樣就讓她的心情平復了許多。

◇　◇　◇

聲音逐漸靠近。
幾顆星星在緊閉的眼皮下閃爍、消失。
就在五種感官慢慢變得清晰的同時，他覺得腹部像悶燒般熾熱，還伴隨著劇痛。
「……唔……」
他發出不成聲的微弱呻吟，稍稍扭動身體。
霎時更強烈的疼痛貫穿腦勺。
他憋住氣息，發出痛苦的呻吟聲，試著強行伸展僵硬的四肢。
就像在沉甸甸的泥水中掙扎般，四肢幾乎沒有反應。全身火辣燒燙，頭腦昏沉，思緒模糊。
他撐開像鉛般沉重的眼皮，轉動眼珠子，用力扯開喉嚨。
「這……這……裡……」

這裡是哪裡？

他想這麼問，說出來的話卻只有氣，沒有聲音。

好痛。身體一動，腹部的疼痛就像波浪般擴散開來。

怎麼會這樣？他感到訝異，把不太能動的右手移到疼痛的地方。

才輕輕碰觸，全身就掠過抽筋般的尖銳疼痛。

「唔……！」

喘氣中混雜著吹哨子般的咻咻呻吟聲。聲音卡在乾澀的喉嚨裡，回音從內側敲響了耳膜。

他汗流浹背，全身異常發燙，卻因為流汗的緣故，反而覺得冷。

沒辦法整合的思緒片段，凌亂渙散，無論他如何思考，就是會東缺西漏。

「……大……人……！」

在很遠很遠的地方響起的聲音，像從水中傳來般，慢慢靠近。

他緩緩望過去，看到滿臉緊張的中年男人，緊緊盯著自己。

那是張熟識的臉。

他匯集不斷脫落的思緒片段，拼湊起來。

「……波……大人？」

這不是典藥寮的御醫丹波文照嗎？他可是替當今皇上把脈、開藥的人呢。地位雖然

比身為殿上人的自己低，卻是重量級人物。在典藥寮，只有典藥頭的地位比御醫高。僅有四名的御醫之一丹波大人，為什麼會在自己身旁？

像在作夢的大腦，迷迷糊糊地這麼想時，忽然看到丹波旁邊有張淚眼汪汪的臉。是他的妻子。不知道為什麼，看起來很憔悴，臉色也不好，連妝都沒好好化。她是個文靜的女人，平日總是把自己打扮得整整齊齊。

丹波看著他茫然仰視妻子的模樣，呼地喘口氣，露出安心的神色。

「夫人，您可以放心了。」

「那麼……」

丹波對說不出話來的夫人點點頭，擠出有些疲憊的笑容。

「大人十分堅強，勇敢地撿回了一條命。」

聽到丹波由衷的讚賞，夫人終於忍不住用雙手掩住了臉，顫抖著肩膀，低聲啜泣起來。

「公任大人，您知道這是哪裡嗎？」

丹波慢慢地一個字一個字分開來說，藤原公任勉強擠出聲音回答他：

「……不……知……」

這是哪裡呢？

自己好像是去了皇宮吧？

他想拉回記憶，可是身體又熱又疼，沒辦法集中精神。愈來愈沒有力氣，感覺就快墜入沉睡的黑暗中。

丹波看到公任的視線沒辦法對焦，好像想到了什麼，點點頭說：

「請不要太勉強，您在生死邊緣徘徊了半個月。」

這期間，他醒來過幾次，但意識模糊，不能與人對話，餵他吃的藥，也大半都吐出來了，不知道到底有沒有吃進去。丹波不禁暗自感嘆，能活過來實在是奇蹟，就那樣往生也不足為奇。傷勢已經夠嚴重了，又失血過多。

「夫人，您最好稍作休息，公任大人已經穩定下來了。」

「可是……」

「再這樣下去，您會倒下來，今後公任大人還要靠您照顧。」

在皇上御醫溫柔的勸說下，夫人才嘩啦嘩啦的流著淚，乖乖照他的話做。

茫然看著侍女們攙扶夫人離開的公任，大腦還模糊不清，沒辦法深入思考。

「派人去寢宮稟報皇上，說公任大人醒過來了。」

有人回應了丹波的指示，聽起來像是公任家的總管的聲音。公任心想，那麼這裡是自己的家嗎？

「我來寫稟報皇上的奏文，你派人送到寢宮。啊，麻煩給我筆墨……」

丹波站起來，走向屏風後面。

這是某間對屋。在自己家的哪裡呢？帷屏的布幔好眼熟，很像是妻子喜歡的花樣，才剛新做的。

發生了什麼事？為什麼自己的腹部會又熱又痛，痛到沒辦法動，必須躺下來呢？

模糊的大腦忽然閃過一個男生的面孔。

「那……是……」

是陰陽寮的人吧？

對了，我有事找人商量，去了陰陽寮。可能的話，想找安倍晴明。可是晴明不在京城內，所以我叫住了那個男生，他是晴明的親人。

記憶漸漸甦醒了。

夕陽的光線照射進來。他們進了橙色陽光斜斜灑入的書庫，因為不想讓別人聽見他們的談話。

正想著要如何開口時，發現有黑色的東西在視野角落蠕動。

他不由得叫出聲來。這時候，那個男生——

風聲颼地吹過耳邊。

周圍響起窸窸窣窣的聲響。像枯木般的黑手，沿著床緣猝然浮現。

這些黑色的東西是？

公任動動嘴唇。

「……啊……」

視野中浮現金色星星。

是竹籠眼的圖騰。

那時候的確也看見了這個星星，還有那些黑色的東西。

就在他想起時，意識開始變得模糊，與竹籠眼的記憶一起沒入了黑暗中。

從屏風與屏風間的通道走回來的丹波，看到公任虛脫地閉上眼睛，臉色頓時發白。

他立刻確認脈搏和呼吸。

確定兩邊都還有反應，只是比較微弱，他才大大鬆了一口氣。

「原來是睡著了……」

這也難怪，因為公任曾大失血到瀕臨死亡。傷勢又不輕，最少要半個月才能復原。

不，為了謹慎起見，最好再多加十天。

知道被刺殺的公任獲救，皇上應該很高興。雖然還沒抓到犯人，但公任清醒過來，無疑是個大好消息。

希望多少可以讓皇上慌亂浮躁的心平靜下來。

這麼想的丹波，眼睛蒙上了陰影。

處決重犯，皇后的病就會痊癒。這麼想的皇上，眼睛閃爍著近似瘋狂的光芒，丹波戰戰兢兢地窺伺著這樣的光景。

他奉聖旨，去替離開後宮的皇后定子診療過好幾次。每次去，他都會仔細檢查愈來愈瘦弱的病軀。

身為醫師的他，很確定一件事，只是絕口不提。

虛弱到這種程度，即便原因真的是詛咒，恐怕也很難……

但是他不能說出他的看法。如果不小心被誰聽見，又傳進當今皇上耳裡，恐怕會觸怒龍威，斷送自己的前程。更糟的話，說不定會像被當成詛咒皇后的犯人安倍直丁那樣，被當成犯人治罪。

丹波害怕這種事。

皇上絕不昏庸，只是太擔心皇后的病，變了一個人。原來的皇上，儘管有點軟弱，卻是個善解人意的溫厚年輕人。

沒想到被不安困住，人竟然可以變得如此盲目，什麼都看不清楚，丹波覺得很可怕，也很同情皇上。

相信皇后一定會好起來的年輕人令人心痛的模樣，閃過丹波的腦海。

然而，他還是要不客氣地說，真相信皇后會好起來的話，就不會冥頑到那種程度吧？

皇后懷著孩子。這樣下去，兩人都會有危險。

他暗自祈禱，希望至少有一人可以得救。

5

下定決心遺忘的聲音，呼喚著這個名字。
那是令人十分懷念的聲音。
那是令人十分心痛的聲音。
硬擠出來般，充滿苦澀與悲哀。
讓人痛徹心腑。

◊　◊　◊

「唔——」
映入眼簾的是夕陽般鮮紅的光輝。
白色長耳朵甩動一下，轉過頭時，夕陽色的眼眸畫出了一道光亮的軌跡。
「喂，她醒了。」
被稱為小怪的異形這麼叫喚著。螢往它叫喚的方向望去，看到安倍昌浩撫著胸口，鬆了一口氣。

「太好了。」

從他的表情、語氣，可以知道他是發自內心這麼想。

「怎麼了？」

不明就裡的螢喃喃詢問，現身的十二神將勾陣回答她：

「妳睡了將近二十天。」

螢驚訝地眨了眨眼睛。

昌浩爬行到螢的枕邊，點點頭說沒錯。

「妳幾乎都沒睡、沒吃，身體已經很虛弱了，又掉落河川，全身溼透，很難不生病。」

小怪嗯嗯點著頭，在語重心長的昌浩身旁坐下來。

「就是啊，證明人類光靠意志力，沒辦法支撐多久。」

螢忐忑地瞇起眼睛，在記憶中摸索。

過了好一會，她才開口說：

「原來如此……」

「嗯？」

昌浩不解地歪著頭，她沉靜地說：

「把我從河裡拉起來的人，是你或騰蛇吧？啊，還是勾陣？」

自己被衛兵追捕，又被來歷不明的敵人攻擊，從懸崖摔下去時，勉強抓住了崖壁上的樹枝，最後還是掉進了冰冷的河裡。

那是冬天的河川，而且又是急流，自己居然還可以好端端地活著。

昌浩眨眨眼睛，露出複雜的表情說：

「唔……呃……就是妳想的那樣。」

螢聽昌浩說得吞吞吐吐，苦笑起來。

「怎麼了？是神將們的功勞嗎？昌浩，陰陽師不能說謊哦。」

昌浩抓抓頭，滿臉都是說不出口的苦澀。

「啊，晚點再跟妳說清楚，先別談這個了，妳再多睡點吧。」

粗聲粗氣地交代後，小怪站起來，對勾陣使了個眼色，勾陣以沉默回應。

小怪用尾巴敲敲昌浩的腳，示意他出來一下，自己先轉身離開。

昌浩垂頭喪氣地跟在它後面出去。

螢苦笑著，沉重地嘆口氣。

沉重的不只是那口氣，而是全身。她覺得體內發燙，連轉動脖子都有困難。

勾陣似乎微妙地加強了神氣，讓有靈視能力的螢可以看得見自己。

螢躺著觀察她們所在的地方。

這個四方形空間，有泥地玄關與細圓木緊密鋪成的地面，是間簡陋的小屋。三面圍著土牆，另一面有扇木拉門。木拉門上方是採光的格子窗，風會從那裡吹進來。看似塗過油的紙，被風吹得啪啦啪啦抖動。應該只是用木製門扣把紙固定在格子窗的木框上。雖然做法不夠精細，但用來擋風綽綽有餘了。

螢是睡在草蓆上，蓋著粗劣的麻布。兩層的麻布中間塞著稻草，動動身體就會發出嘎吵嘎吵的聲響。

勾陣看她好像在觀察住處，思索著什麼，就告訴她：

「這裡是進入吉野前的山間燒炭小屋。」

「炭在哪裡？」

泥地玄關的角落，有個圍起來的地方，那裡有燒過木柴的痕跡。但是現在只剩下細樹枝，完全看不到火盆使用的炭。

「燒炭是在比較上面的地方，這裡是燒炭的老翁和老嫗睡覺、生活的小屋，我們借住在這裡。」

說得簡單扼要，且正確無誤。螢眨了眨眼睛。

自己昏睡期間，到底發生了什麼事？

看到螢疑惑地皺起眉頭，勾陣先嘆口氣，才開口向她說明。

走出小屋外的昌浩，抱著小怪邊走邊哼哼低吟著。

「該怎麼辦呢……」

「你說呢？」

「唔……最好不要告訴她吧？」

小怪甩甩尾巴，夕陽色的眼睛呆滯發直。

「嗯，我想也是。」

小怪的回應很沉重，停下腳步的昌浩也面有難色地對它點點頭。

從這條小路往上走，就是那對沒問什麼就收留了昌浩和螢的老夫婦用來燒炭的小屋。

走沒幾步，就可以看到燒炭的煙。昌浩只能多少幫點其他的忙，燒炭這種工作需要技術，他就幫不上忙了。

昌浩嘆口氣，走進森林收集煮飯和取暖用的木柴。

◇　◇　◇

白髮紅眼的年輕男人，抓著昌浩，逼他回答。

「快選擇，你要消失還是逃走？」

頭腦混亂，發不出聲音的昌浩，瞥了一眼全身無力躺在遠處的螢。

對方問他對螢有沒有感情？對螢有沒有一絲絲的感情？

肩膀被對方牢牢勒住，固定在關節還勉強可以活動的位置。對方再多使點力，肩膀就可能骨折或肌腱斷裂。

最糟的是很痛。

表面上看來，夕霧並沒有勒得多緊，好像沒使出什麼力量，實際上應該也沒花多少力氣，昌浩卻被壓得動彈不得。

昌浩的手被繞到自己的脖子上，隨時可以中斷他自己的脈搏，全看夕霧怎麼決定。只要夕霧使點力，就可以輕易結束昌浩的生命，讓他變成沒有任何外傷的屍體。

自己的手指可以感覺到自己的脈搏。手指按在脈搏撲通撲通跳動的血管上，有種說不出來的恐懼。

明明是自己身體的一部分，卻沒辦法自由使喚，原來是這麼可怕的事。

被用力拉扯也不能抵抗，甚至連抵抗的意願都沒有了。

夕霧往後退，昌浩也只能配合他的動作往後退。

小怪和勾陣兇狠地瞪著夕霧。昌浩轉動眼珠子，看到他們的模樣。

「小……」

他發出含糊的聲音，想叫喚小怪，但是手指按在他頸後的夕霧一使力，他的身體就縮起來了。

這不是昌浩的意志可以控制的，是肌肉自然反應產生的萎縮。

他邊安撫狂跳的心，邊努力思考。不冷靜下來，就找不到反擊的方法。

怎麼辦？該怎麼逃脫壓制？才剛決定要克服自己不拿手的事，沒想到已經來不及了。

他移動視線，看到躺著的螢，全身癱軟，動都沒動一下。

「螢……」

昌浩拚命叫喚，但聲音出不來。

夕霧在他耳邊說：

「安倍之子，快回答我。」

「唔……」

思緒混亂的昌浩，根本沒辦法馬上回答。

小怪擺出低姿勢，從全身迸放出紅色的鬥氣。

昌浩蠕動嘴唇說著「不可以」，但小怪的眼眸沒有絲毫的猶豫，站在它旁邊的勾

陣也一樣。

不可以，不可以讓小怪、勾陣直接攻擊夕霧。

非想辦法掙脫這樣的束縛不可。

「……」

閉著眼睛拚命思考的昌浩，忽然覺得有水氣。

剛才都沒發現，夕霧的衣服在滴水。不，不只衣服，頭髮也是溼的，滴答滴答滴著水。

昌浩又看螢一眼，螢還是動也不動。

他想起什麼東西從水裡爬上來的水痕，螢和夕霧就出現在那條水痕前。

呼吸微弱的昌浩，勉強擠出哀號般的聲音說：

「是你……把螢……？」

昌浩想確認夕霧的表情，可是不能轉動脖子，光移動視線，範圍也有限。

壓制昌浩的手似乎又冷又溼。就像剛把水甩掉的肌膚，快乾還沒乾時那種冰冷的觸感。

小怪和勾陣正數著呼吸，伺機而動。連昌浩都感覺到他們這樣的動靜，夕霧當然也察覺到了。

果然不出昌浩所料，夕霧用眼斜看著神將們。

「不要跟螢提起我。」

冰冷低沉的聲音才剛灌入昌浩耳中，夕霧就緊接著採取了令人措手不及的動作。

他抓起昌浩衝向河邊，靠離心力將昌浩拋進冰冷的水裡。

「昌浩！」

小怪大叫，勾陣蹬地躍起。站在河邊的夕霧，很快以右手結起手印。

半空中出現竹籠眼的圖騰。

「唔……！」

勾陣被眼前的六芒星炸飛出去。她在半空中調整姿勢，翻轉身體著地。以反射動作遮住眼睛的手臂，皮膚綻裂，滴下鮮血。

這時候，小怪去追昌浩，躍身跳下河裡。濺起飛沫沉入河裡的昌浩，動作被河流湍急的速度、冷度封鎖，拳打腳踢地掙扎著。

河川看起來像綠色，是因為深不見底。水面的水流看起來平靜，沉下去才知道流速比想像中快很多。

被沖走的昌浩想著種種事。

螢也是這樣被沖走的嗎？

如果是，她不可能靠自己的力量爬上河岸。

全身溼透的夕霧，手冷得像冰，就跟這裡的河水一樣。

難道是……不，十之八九是夕霧跳進河裡，把螢救起來了。
昌浩的意識逐漸模糊，四肢被冰冷與痛苦攫住，沒辦法掙扎。
有人抓住了他拚命伸出來的手。
強勁的力量拉著他逆流前進，把他拉得好痛。水流很強，用力拉著他的力量，好像就快把他的手臂從肩膀扯下來，讓他痛得表情扭曲。
總算掙脫轟轟怒吼的水流時，昌浩吸口大氣，嗆得猛烈咳嗽。
他踢著水爬上岸，跪坐下來。雙手按著喉嚨和胸部，把流進肺裡的水吐出來。強烈的咳嗽，完全控制不住。全身冷得要命，喉嚨卻熱得發燙。流進肺裡的水好像在沸騰。痛苦沒有緩和的跡象。刺痛的喉嚨沒辦法好好吸氣。
在呼吸恢復正常前，昌浩什麼也聽不見，清醒時抬頭一看，紅蓮和勾陣都蒼白著臉跪坐在他身旁。
好冷。
全身直打哆嗦。
「紅……蓮……螢……」
「好了，不要說話。」
是勾陣制止了昌浩，紅蓮一隻手摀住眼睛，無奈地搖著頭。

「螢……」

昌浩發出嘶啞的聲音，紅蓮回答他：

「在那裡。」

昌浩往金色眼睛指的地方望過去，看到螢虛弱地躺在河邊的大石頭上。

她的臉色看起來很差。

嘎噠嘎噠發抖的昌浩，用手肘撐起身體。

「夕霧呢……」

「對不起，被他逃了。」

勾陣向昌浩道歉時，昌浩發現她的右手臂裂開了。血已經不流了，可是傷口好像很痛，光看就會讓人不由得縮起身體。

「沒、沒關係……螢比較……重要……」

抖到牙齒都無法咬合的昌浩，斷斷續續把話說完。但是說得支離破碎，連他都覺得自己很沒用，身體的顫抖也愈來愈嚴重。

想站起來，身體也使不上力。他抓住紅蓮的手臂，搖搖晃晃地站起來，強撐著快彎下去的膝蓋往前走。紅蓮看不下去，要把他抱起來，但被他推開了。

「我……沒事……」

他用眼神說先看看螢吧。全身溼透的螢，躺在寒風中，從遠處都看得出來她在發抖。

兩名神將忽然動動肩膀，彼此使了個眼色。

臭著臉很想咂嘴的紅蓮，一把抱起連站都站不穩的昌浩。勾陣走向昏迷的螢，把她夾抱在腋下。

「紅蓮……」

「有追兵。」

短短一句話，讓昌浩驚愕得四處觀望。

風向似乎變了，從河川往這邊吹來，風中夾雜著輕微的人聲。

「騰蛇。」

「快走。」

在勾陣催促下，紅蓮拔腿奔馳。孩子們可能是被神將們的神氣包圍了，感覺不到風的冷。逆流而上，就會離吉野愈來愈遠。

被紅蓮扛在肩上的昌浩，直盯著跟在後面的勾陣，和被她夾抱在腋下的螢的臉。

夕霧用手指按住他的喉嚨時，正確掌握了他的脈搏，他不禁懷疑自己是否贏得了那個男人？

感覺完全沒有勝算。究竟要花多久的時間，才能像夕霧那麼敏捷呢？

昌浩真的很後悔，老是藉口說沒那種才能，練都不想練。他有過太多次的後悔，這麼後悔還是第一次。

很不甘心、覺得自己很沒用的昌浩，緊咬嘴唇、用力閉著眼睛時，神將們的神腳已經甩開追兵，拉開了很長的距離。

再拉回思緒時，昌浩發現衣服乾得差不多了，只有點溼溼的感覺。是紅蓮的神氣把水氣吹乾了吧？他不禁感嘆，這種時候還真有用呢。

已經不知道吉野山莊在哪個方向了。這裡是哪裡呢？也不是沒可能又往回走向了京城。

躲在風吹不到的樹陰下時，他們才發現螢不太對勁。

抖個不停的螢，身穿的水干⑥也乾得差不多了，只剩下些微的溼氣。不過，她全身溼透吹著冷風的時間比昌浩長很多，可能是這個緣故，肌膚跟剛才截然不同，燙得好像快燒起來了。

「螢？」

叫她也沒有反應，呼吸異常急促。起初是小咳幾聲，後來愈咳愈大聲，次數也逐漸增加。

「糟糕，她感冒了。」

聽紅蓮這麼說，昌浩臉都嚇白了。

「要趕快幫她暖身、更換衣服……」

說到這裡，才想到這是不可能的事。
沒有衣服可以換，也沒有藥可以吃，頂多只能收集木柴生火取暖。
冷也有關係，但主要原因應該是她什麼都沒吃，也沒有好好休息吧。
雖然昌浩也一樣，但這種時候男女就有性別上的差異了。
勾陣正要站起來，去找些食物的同時，神將們察覺到有人靠近。
不是追兵的腳步聲，只有兩個人。步伐緩慢，好像帶著什麼重物。
紅蓮變成小怪的模樣，去打探狀況。沒多久就回來了，簡短地說：
「不知道是哪裡的老翁跟老嫗，怎麼辦？」
如果是貴族，就有危險。老翁跟老嫗是遠離京城的村人，說不定不知道京城發生的事。
但也有可能已經聽檢非違使和衛兵說過，有個逃亡中的犯人。
要躲開他們呢？還是出去向他們求救？
小怪不想冒這種危險。可是考慮到螢的狀況，又不敢太堅持。
有危險的是昌浩，所以小怪徵詢昌浩的意見。
「…………」
昌浩看一眼呼吸困難的螢，下定了決心。
就在他點頭表示決心時，螢痛苦地咳了起來。

腳步聲停下來了。昌浩走到螢身旁。勾陣隱形，小怪跳到昌浩肩膀上。

有人撥開樹叢問誰在那裡？是個老人的聲音。

昌浩抱著咳嗽不止的螢開口說：

「對不起……」

每咳一聲，螢纖細的身體就跳動一下。

「我的朋友生病了……」

樹叢後面的人驚訝地跑出來。

是一對滿臉皺紋的老夫婦。

昌浩看到老翁，就想到祖父。

真的跟祖父有點像。

老夫婦在大和與紀伊的邊境山中燒炭維生。

老翁在昌浩他們前面出現時，揹著裝滿樹枝的背架。他正要把用來燒炭的木柴，運到燒炭小屋。

老翁揹起螢，把她送到他們平時生活的小屋。昌浩替他揹裝滿樹枝的背架，但走得搖搖晃晃，必須老嫗從後面幫他扶著。

年紀比昌浩大很多的老翁，揹起來輕鬆自如，昌浩卻揹得狼狽不堪。因此深受打擊的他，走到小屋時已經筋疲力盡了。

沒有人類在的話，小怪和勾陣就可以幫他。可是現在他們不能現身，只能心疼地看著東倒西歪的昌浩，不能出手相助。他們看得很難過，但說出來也沒用，所以什麼都沒說。

冬天前，老夫婦都在山上的小屋燒炭。用來睡覺、生活的地方，是在稍微往下走的另一間小屋。

昌浩他們就是被帶到那間小屋。那裡雖然簡陋，但有換洗的衣服和草蓆，老嫗在那裡幫螢換了衣服。

還有點溼的衣服掛在樹枝上，昌浩坐在外面吹著風等衣服晾乾。

發生太多事，他的大腦一團混亂。

攻擊自己的夕霧，為什麼會救螢呢？又為什麼臨走時交代自己不要跟螢提起他呢？

更奇怪的是，為什麼說不要去播磨之鄉？

夕霧說的話，在昌浩耳邊縈繞不去。

「……有感情的話……」

坐在昌浩旁邊的小怪，聽到他喃喃自語，甩了甩耳朵。昌浩抱著膝蓋，滿臉困惑。

這樣呆了好一會的昌浩，忽然發現老翁站在自己前面，趕緊抬起頭。

有點瘦、有點駝的老翁，滿頭白髮，下巴留著鬍子。連鬍子都是白的。昌浩覺得這些部分都跟爺爺很像，不由得眨了眨眼睛。

老翁彎下腰，配合昌浩的視線高度說：

「你們怎麼會在這裡？」

在這之前，老翁什麼都沒問，先把感冒的螢揹去了小屋。

昌浩的眼神飄來飄去。他不能說實話，又怕胡說八道會被識破。

小怪默默注視著昌浩。

雙手更用力握住膝蓋的昌浩，謹慎地選擇措詞。

「我們……在旅行途中，不小心滑落河裡……好不容易才爬上來。可是，一路上都沒怎麼休息，所以疲勞過度……」

小怪嗯嗯點著頭，心想這樣的說法是有點含糊，但的確沒撒謊。

老翁看昌浩說得支支吾吾，似乎猜到了什麼。

「這樣啊……」

昌浩默然點頭。

「原來你們是私奔？」

時間霎時靜止。

昌浩不由得張大嘴巴看著老翁。不斷自顧自點著頭的老翁，滿臉心疼的表情注視著昌浩。

「京城裡的貴族通常有種種問題，譬如身分不同等等。你們是被迫跟不喜歡的人結婚，所以逃出來了吧？真可憐，年紀還這麼小。」

整個人呆住的昌浩，聽到老翁自編自導的故事愈來愈離譜，急得大叫：

「不、不是那樣！」

聲音激動得連昌浩自己都嚇了一大跳。

老翁拍拍昌浩的肩膀說：

「再怎麼走投無路，也不可以跳河啊，男孩，這樣沒辦法成佛哦，你們要好好活著追求幸福……」

「我就說不是那樣嘛！您怎麼會認為我們是私奔、跳河呢？」

昌浩拚命澄清，好不容易才一個字一個字把話說完。

剛開始老翁以為他只是害羞，看到他變臉全力否認，才相信他們之間不是那樣的關係。

「是我猜錯了嗎？對不起。」

老翁誠懇地道歉，抬頭看看天空。

昌浩看到老翁揹起放在旁邊的背架，也趕快站起來說：

「請問您要去哪裡？」

「我要在太陽下山前，把這些木柴搬到燒炭小屋，太陽下山就太暗了。」

昌浩請老翁把木柴分一半給他揹。無所事事地坐在這裡，只會胡思亂想，而且站起來動一動也比靜靜待在這裡暖和。

小怪聽著他們一連串的對話，從頭笑到尾。沒想到會被誤以為是私奔。不過，老翁也猜中了很多部分，實在不能小看他。

「被迫跟不喜歡的人結婚」與「逃出來」，實際上並沒有關聯，但是兩件事分開來想，老翁的確都沒說錯。

把木柴送到燒炭小屋，再折回生活起居的小屋時，已經快入夜了，雖然他們張大眼睛小心前進，還是差點迷了路。

小屋裡點著燈，從門口透出些微的亮光。看到亮光，他們就放心了。

壓抑神氣站在門口的勾陣，看到昌浩回來，顯然大大鬆了一口氣。昌浩沒說話，對她輕輕點了點頭。

老翁先叫門，等裡面的老嫗說可以進來，才跟昌浩打開門進去。

勾陣和小怪留在外面。

「螢怎麼樣了？」小怪輕盈地跳到勾陣肩上。

勾陣合抱雙臂說：「不太好。」

老嫗幫螢擦拭汗流不止的身體，又幫她換上了舊單衣。然後幫她蓋上塞滿稻草的麻布，再生火讓屋內暖和起來。可是小屋太過簡陋，風還是會從縫隙吹進來，沒辦法暖和多少。

有湯藥之類的東西最好，可是沒有，只能把浸過水的布扭乾，放在她的額頭上幫她退燒。

「老嫗還餵意識模糊的螢喝湯汁，她好像也都沒喝下去。」

小怪搔搔耳朵後方，嘟嘟囔囔地說：

「嗯，有點麻煩。感冒沒有照顧好，也可能沒命。這幾天已經累過了頭，在這種沒體力的時候又感冒，真的很糟糕。」

「是啊。」

勾陣這麼回應，小怪發現她好像還有什麼話要說，懷疑地問：

「妳怎麼了？」

有些憂慮地看著屋內的勾陣，壓低嗓門說：

「老嫗幫螢換衣服時，我看到了……」

「看到什麼？」

螢穿的衣服晾在小屋前，啪啦啪啦飄搖著。

有水干、褲子和單衣。只是有點溼，差不多快乾了。

「螢的背部有傷痕。」

小怪眨了眨眼睛。

「傷痕？」

小怪問什麼傷痕？勾陣沉下臉說：

「是刀傷，從右肩斜斜往下延伸到腰部，是很新的傷痕。」

夕陽色的眼眸驚愕得閃爍發亮。

「刀……？」

離開京城那天晚上，牛車妖車說到一半的話，忽然閃過小怪腦海。

——她的身體好像不太好……

那句話的意思，跟這個刀傷，有沒有什麼關聯呢？

沉默下來的勾陣和小怪，都緊鎖雙眉。這時候，昌浩開門出來了。

神將們用眼神問他怎麼了？他邊關上門，邊壓低嗓門說：

「老婆婆叫我出來看看螢的水干乾了沒。」

還有拜託他搬些木柴來。

昌浩邊從樹枝收回水干和單衣，邊回答。

小怪甩一下尾巴說：

「這樣哦。」

「嗯……老爺爺說我們可以住在這裡，直到螢的身體好起來。」

昌浩原本打算，等螢的狀況稍微穩定下來，就馬上離開這裡。但是老夫婦認為，這兩個孩子似乎有什麼不可告人的苦衷，太快把他們趕出去，是很殘忍的事，他們不想這麼做。

「怎麼辦……」

昌浩抱著衣服，喃喃嘀咕著，勾陣對他說：

「事實上，你們也不可能馬上離開，感冒嚴重的話，也是會要人命的病。」

「說得也是……」昌浩嘆口氣說：「可是我怕連累他們……」

昌浩是被通緝的人。藏匿他，很可能被判有罪。他不想讓好意協助他們的人受到牽連。

小怪靈活地合抱兩隻前腳，坐在勾陣的肩上說：

「除了追兵外，我還擔心夕霧不知道會再採取什麼行動。」

沒錯，還有夕霧。

昌浩的臉緊繃起來。不過，那個男人的目標是他，不會傷害螢。

剎那間，昌浩想乾脆把螢留下來，自己找個地方躲起來。

螢只是陪他逃亡而已。被通緝的人是他，離開螢，螢會比較安全，也可以好好養病，讓身體好起來。

小怪的陰陽講座

⑥水干：日本古朝臣禮服，狩衣的一種。水干最早是平民的日常衣著，隨著時代的推移，慢慢成為武家及部分公家的日常服裝，並很快成為了禮服的一種。水干在前、後身的縫合、連接處，以「菊綴」進行加固，是它最主要的特色所在。

6

昌浩邊撿木柴，邊嘆氣。

「這樣差不多了吧？」

他用帶來的繩子，把撿滿雙手的木柴捆起來。

「動作俐落多了。」

小怪感嘆地說。昌浩苦笑起來。做了半個多月，早就習慣了。

燒炭的老夫婦，真的是大好人，沒有問過昌浩詳細內情。

由於他強烈辯稱不是私奔，所以這方面的誤會已經解開。除此之外，昌浩什麼都沒說，老人還是把他當成自己的孫子般對待。

他們說，他們的女兒女婿就住在相隔兩個山頭的村子裡，有個比昌浩小一點的孫子。可能是見面的機會不多，所以把昌浩當成孫子來疼愛了。

「螢雖然清醒了，可是還要一段時間才能行動吧？」

小怪坐在昌浩揹的木柴上，邊監視後方，邊回答他：

「是啊，病剛好，也不能讓她太勞累。」

「嗯，那麼……」

必須在周圍重新佈設更強勁的結界。

小怪似乎看透了昌浩的心思，開口說：

「最好儘可能爭取時間，你也趁這時候好好休息。」

昌浩堆起笑容說：

「我有休息啊。」

離開京城後，一直被追著跑，沒有平靜的一天。

借住在老夫婦的小屋後，剛開始的兩、三天，晚上睡覺時有點聲音都會跳起來，怕是追兵或夕霧，神經繃得很緊。

老夫婦可能是注意到昌浩這種情形，什麼都沒說，也什麼都沒問。

昌浩平時就是幫老翁做點工作、關注螢的狀況，沒有其他事可做，只能在森林裡撿木柴或打水，做些打雜的事。

都是使用勞力的工作。

這種時候很容易想些不好的事，所以昌浩的臉色愈來愈嚴峻、愈來愈沉重。再也看不下去的小怪，提出了一個方案。

它建議昌浩練習隱身的法術，試著在這附近佈設結界。

讓追兵進不來，夕霧也找不到他們的位置。昌浩有這種結界的相關知識，但沒有實際使用過。

小怪說凡事都要修練，昌浩也覺得有道理。對昌浩來說，當務之急就是逃亡，不要被發現、不要被抓到。

既然這樣，摸索能為逃亡做些什麼，才是比較有建設性的思考吧？

換作是晴明，應該也會選擇這麼做吧？

想到這裡，昌浩才發現自己被逼到了多麼悽慘的地步。每次遇到困難，他都會想祖父會怎麼做、父親會怎麼做、哥哥們會怎麼做。縱使自己想不出法子，模仿知識、經驗都比自己多很多的家人，也是很好的修鍊。他非常明白這個道理，現在卻完全忽略了。

若是平時的他，很快就會想到這麼做，可是現在心情稍微有點動盪，思考就變得狹隘了。身為陰陽師，這是很大的缺點。

要思考的事太多，難免會對看不見的未來感到不安。但是被這樣的不安困住，原本看得見的道路也會沉入黑暗中，再也看不見了。

迷惘、困惑、心志動盪不安時，昌浩很清楚應該怎麼做，卻因為發生太多事，忘記了。

螢生病不能動，反倒是讓他意外地找回了根本。

繼續前進的話，就沒有機會回頭自我反省了。

直接前往播磨，說不定昌浩的心也會蜷縮起來，得不到什麼好結果。

走到沒有樹木，看得見天空的地方，昌浩仰望雲朵，眨了眨眼睛。

二十多天來，昌浩儘可能撥出時間進行獨自的思考。在沒有人的森林裡，聽風聲、聽鳥聲、聽樹枝摩擦聲。

聽著聽著，就會覺得心跳緩和下來，波濤洶湧的心也逐漸風平浪靜。

在京城的安倍家，總會無意識地聽著自然的聲響。在平淡無奇的日常生活中，昌浩經常可以感覺到那些聲音。

現在昌浩才深切知道日常生活的珍貴。

冬季的天空十分清澄，空氣一天比一天寒冽。

快下雪了，到時候老夫婦就會下山，昌浩只能祈禱螢可以在那之前康復。

她已經清醒了，所以昌浩稍微鬆了一口氣。但也因為她的清醒，讓昌浩想起非思考不可的事。

「小怪……」

「嗯？」

「今後該怎麼辦呢？」

小怪坐在木柴堆上，滿臉嚴肅。不過，昌浩看不見它的臉。

夕霧說的話，神將們也聽見了。

他們也很困惑，思索著背後到底有什麼隱情。但是在沒什麼資訊來源的山裡，他們也不可能找出答案。

說幸好或許也很過分，但幸好在螢康復前，他們也不能做任事，躲在山裡不要被發現，是目前最重要的事。

得出這樣的結論後，他們就暫時先把問題拋開了。不管這樣的決定是對是錯，總之在那個時機必須這麼做，不然昌浩很可能精神衰弱。

昌浩嘆口氣，把木柴堆從背上拿下來，坐在那上面。

很快跳下來的小怪，繞到昌浩前面，抬起頭。

昌浩把手肘抵在膝蓋上，托著臉頰。

「……他說不要靠近播磨……」

眉頭深鎖的昌浩喃喃嘟囔著。

昌浩決定去播磨的最大理由，是為了學習武術、拳法。現在的昌浩，連嬌小瘦弱的螢都應付不了，令他懊惱不已。學會武術拳法後，與夕霧對峙時，應該也不會那麼輕易就被制伏了。

不能自己保護自己，讓他從不甘心變成一肚子火。他承認自己還不成氣候，但說到虛弱，他就不禁要生自己的氣。

螢說她的祖父是高手，要學就要跟她祖父學。昌浩也認為最好是能拜最高強的人為師，所以決定去播磨鄉。

原本他們是前往大嫂篤子建議的吉野山莊，但中途改變了目的地。就在那時候追兵趕到，引發了大混戰。

想到這裡。

昌浩眨了眨眼睛。

那雙巨大的手臂，是某人的式。當時夕霧就躲在樹叢後面。從一開始，夕霧就想要自己的命。

昌浩原本是這麼認為。

「喂，小怪……」

「幹嘛？」

昌浩抓起小怪，繞在脖子上。

「喂！」

「冬天真的很冷呢。」

小怪半瞇起眼睛。昌浩的脖子溫暖了，肩膀自然就放鬆了。人覺得冷，身體就會不自覺地縮起來，肌肉變得僵硬。

「夕霧為什麼要追殺我呢？」

兩眼發直的小怪，對嘟嘟囔囔的昌浩大吼說：

「我哪知。」

但是才剛吼完，它就皺起眉頭，歪著脖子說：

「如果跟播磨的神祓眾有關，要殺你就很奇怪了。」

「嗯，我現在也這麼想。」

螢是神祓眾首領的嫡派子孫，也是非常重要的女孩，有她才能將傳承天狐之血的安倍氏血緣注入神祓眾。

與這樣的螢最般配，又繼承最強的天狐之血與力量的人，就是昌浩。

對神祓眾而言，取得天狐之血是四代以來的壯志。與安倍益材之間的約定，眼看著就要實現了。他們只可能動用武力把昌浩硬拖去播磨，不會追殺昌浩。

更奇怪的是夕霧撂下的話。

如果你對螢沒有絲毫情感，就快滾。如果有感情，就帶著螢逃走，不要靠近播磨。

面對擁有天狐之血的昌浩，夕霧的言行都太奇怪了。

「……如果有一絲絲的感情……」

被迫擺出怪異姿勢的小怪，看著低聲嘟囔的昌浩。
他似乎遙望著不在眼前的某個地方。
小怪聽勾陣說，螢發高燒時說過夢話。
她一次又一次用不成聲的聲音呼喚著夕霧。
不可思議的是，當老嫗或昌浩在時，她絕對不會說夢話。即使發高燒，陷入昏迷，她也只會在沒有人的時候說夢話。這樣的意志力，連勾陣都嘖嘖稱奇。
即便是生病的時候，她也不會對任何人敞開心胸。
勾陣只是在完全隱藏神氣的狀態下，偶然聽到她的夢囈。如果察覺勾陣在，螢就不會夢囈。勾陣可以聽到她說夢話，只是因為她生病感覺遲鈍了。
小怪總覺得夕霧的話和螢的夢囈，暗藏著錯綜複雜的祕密。
昌浩還不知道夢囈的事。現在告訴他，只會增添他的混亂，所以要看準時機再告訴他。
「我說小怪啊……」
「怎樣？」
姿勢怪異的小怪，皺著眉頭。昌浩把下半部的臉，都埋在它的白色尾巴裡。
「夕霧說的對螢的感情……是什麼呢？」
長長的耳朵跳動了一下。怎麼想都是那種感情吧？差點這麼脫口而出的小怪，硬是

把話吞了下去。

昌浩的語氣很認真，不是那種可以搞笑的氣氛。更何況，這種事必須昌浩自己找到答案。

看小怪緘默不語，昌浩只好板著臉自己思考。

對於感情，他多少有些認知。不是指字的意思，而是指感情所帶來的心情上的變化。若要問他對螢有沒有感情，他會回答有。螢是好孩子。他喜歡螢。這也是一種感情吧？

然而，直覺告訴他，夕霧說的感情，好像是另一種。

看到螢發燒痛苦的樣子，他就心痛、著急，心想若不是這種季節，起碼可以去幫她找點草藥，焦慮得咬牙切齒。聽說螢退燒了，他鬆口氣，拍拍胸口，心想太好了。他擔心什麼都不能吃的螢，也心疼雙頰凹陷的螢。看到原本就嬌小瘦弱的螢，好像又小了一圈，他就打從心底想為她做些什麼。

不過，這是對所有親近的人，都會產生的感情。

想到這裡，昌浩搖了搖頭。

不對，不是對每個人都會這樣。如果只是認識的朋友，不會這麼用心。或許應該把對象改成特別親近的人吧？

看著某人躺在床上，痛苦掙扎的模樣。

以前他也經歷過同樣的狀況。

昌浩閉上了眼睛。

螢的熱度開始慢慢退去時，他也想過同樣的事。

「……」

那次他不只是擔心。那種感覺說不上來，焦慮得想大叫。好希望能想些辦法、做些什麼。可能的話，希望能代替她。

他不要看她受苦，因此他願意做任何事。

想到這些時，他不禁愕然失色。

同樣是擔心，卻跟這次有這麼大的不同。

螢幫自己這麼多忙，自己怎麼可以這麼無情呢？

當時大受打擊的昌浩，在屋外沮喪地垂著頭，覺得他不對勁的勾陣，關心地走過來了。

這種時候，通常是小怪會來找他。他記得很清楚，當勾陣說小怪陪在螢身旁時，他還覺得有點奇怪。

然而，同時也輕鬆了不少，總覺得勾陣會比小怪更能了解他當時五味雜陳的心情。

終於把說不清楚的話、心中的憂慮都說出來後，勾陣半瞇起眼睛，只悠悠地說了一句「這樣啊」。

回想到這裡，昌浩抬起眼皮，戳一下視線正下方的白色尾巴。

「嗯？」

聽到耳邊帶點威嚇的聲音，昌浩輕輕笑了起來。

他開口說：

「小怪……」

「嗯啊。」

仔細看，會發現小怪抓著自己尾巴的前腳有些顫抖。可見，這個姿勢它撐得很辛苦。

昌浩把小怪從脖子抓下來，抱在胸前，把下巴搭在它的白色頭上。眼睛半張的小怪，看起來很不情願，卻還是任他擺佈。

「我想去播磨鄉。」

小怪的長耳朵抖動了一下，夕陽色眼睛閃過厲光。

昌浩繼續對默默無言的小怪說：

「我要對神祓眾的大人物們，鄭重地道歉。」

小怪眨眨眼睛說：

「道歉？」

「嗯。」昌浩點點頭，伸直了背脊。

少了昌浩頭部重量的小怪，抬起頭看著昌浩。

昌浩望著隨風搖曳的樹枝。

「我要跟他們說，我不能實現曾祖父的約定，我不能跟螢結婚。」

小怪猛眨眼睛。

雖安倍益材與神祓眾之間的約定，並不是結婚。但不管昌浩下多大決心，小怪都不認為神祓眾的大人物們有可能接受。

「我對螢是有感情的，真的有。但是沒有到可以結婚的程度，只是覺得跟她很親近。這樣的關係，應該就可以說是有感情吧？」

「是嗎……？」

小怪懷疑地瞇起了眼睛，但昌浩毫不在意。

「曾祖父擅自做了約定，我是曾孫，我想負起責任，鄭重道歉，請他們取消那個約定，所以我決定了，我要去播磨。」

呆若木雞的小怪注視著昌浩。

「你……還真是……」

「怎樣？」

小怪有點不相信地嘆了一口氣。

「該怎麼說呢……看來你是想通了。」

陷入困境、絞盡腦汁苦思、東跑西竄地繞圈子，最後選擇了誰都沒想到的正面進攻法。

姑且不論神祓眾會不會接受，這種結論還真像昌浩的風格。

或許真是想通了，現在的昌浩看起來神清氣爽。而且讓人覺得，他雖是晴明的孫子，但也確實繼承了若菜的基因。

晴明沒這麼老實，比較會耍花樣，玩弄對方，爭取優勢。為了達成目的，他才不管對方會怎麼樣，絕對貫徹到底。

在晴明的孫子中，只有成親做得到。吉平還多少有點像晴明，吉昌就不太行了。在貴族社會中求生存，要像晴明或成親那麼機靈，才能活得比較輕鬆，但是現在要求昌浩做到那樣，似乎有點殘酷。

昌浩站起來，揹起木柴堆。

「心情放寬了，才能仔細思考，這都要感謝螢。」

偶爾也必須停下腳步仔細思考。要不然，更有走錯方向的危險。

小怪跳到昌浩肩上，歪著頭說：

「你不管夕霧說的話嗎？」

昌浩露出煩悶的複雜表情。

「先保留……」

那是追殺自己的男人說的話。

「不管他是基於什麼理由，在沒搞清楚他的真正目的之前，我沒道理聽他的話，而且……」

穿過森林，就可以看到樹林前方的小屋的牆壁。

「回想起來，我們都知道螢認識夕霧，也知道夕霧認識螢，卻不知道夕霧是什麼人，對吧？」

「對。」

「所以，我想等螢的狀況好一些後，再問她這件事。」

夕霧是什麼人？他的目的是什麼？為什麼要殺昌浩？

「還有他攻擊哥哥們的理由……不過，要看螢知不知道那麼多。」

「沒錯。」小怪這麼回應，但總覺得哪裡不對勁。

那種感覺沒辦法明確地說出來。

勾陣說螢隱瞞了什麼事，小怪也這麼覺得。

邊低喃邊搔著耳朵下方的小怪，看到昌浩突然停下來，訝異地問：

「怎麼了？」

昌浩一手按住膝蓋，把身體靠在旁邊的樹上，發出低沉的呻吟聲。

「昌浩？」

小怪緊張地叫喚，昌浩對它搖搖頭說：

「有點……」

「怎麼了？是不是哪裡……」

「好痛……」

昌浩慘叫幾聲後，當場蹲了下來。

「發生太多事，都忘記了……好痛、好痛、好痛啊哇唔……！」

最後已經痛到受不了，不知道在喊什麼了。

縱身跳下來的小怪，抬頭看著全身冒汗、表情痛苦的昌浩。

「啊，是不是又來一波了？」

恍然大悟的小怪，砰地拍擊前腳，直盯著昌浩瞧。

它覺得昌浩全身的線條都變粗了。從借住在這裡開始，個子也逐漸拉高了。

「你總不會一直忍著痛吧？」

「也不是一直……」

身體偶爾會像猛然想起來般，到處傾軋作響，把肌肉拉得陣陣悶痛。不過沒痛到昏過去的程度，所以他都還能忍，可是很久沒像這波這麼厲害了。

小怪甩甩尾巴說：

「因為你最近睡得不錯，也吃得不錯。」

可能是現在比四處逃亡時平靜，所以身體想在這段時間儘可能成長吧。

昌浩拉長臉，懊惱地嘀咕著：

「聲音從昨天也不太出得來，不知道是不是被螢傳染了感冒。」

「哦？」

我怎麼沒發現呢？

小怪嗯嗯地點著頭，瞇起了眼睛。

「這樣啊、這樣啊，很好、很好。」

「好什麼？」

昌浩痛得要死，小怪卻好像很開心，那種悠哉的樣子把昌浩惹惱了。

我痛成這樣，你那是什麼態度嘛！

昌浩狠狠瞪著小怪，小怪卻對他抿嘴一笑。

「看到你恢復你原來的樣子，我就放心了。」

昌浩滿臉疑惑，小怪跳到他背後的木柴堆上，搖晃著尾巴。

不管什麼時候，昌浩都會在最後突破難關。

在看似走投無路時，也總會出現突破的徵兆。

這次的徵兆就是昌浩的成長痛。

情況絲毫沒有好轉，但壓在心頭的重擔消失了。

可能是昌浩的心穿越了漫長的黑暗，所以他的身體對此產生了反應。

既然這樣，跟隨在他身旁的自己，只要盡力協助他走向他想走的路。

昌浩向來都是靠直覺來決定該怎麼做、該怎麼選擇。

可是當情緒不穩定時，就很容易喪失直覺。這就是昌浩不成熟的地方。

這次面臨的是前所未有的苦難，但說不定是昌浩成長的絕佳機會。

小怪這麼覺得，只是不敢告訴昌浩。

昌浩說要去播磨。這最終應該會是正確的道路吧？雖然不知道他怎麼做出這樣的判斷，但既然是他的選擇，就一定是正確的。

感慨的小怪，看到昌浩低著頭站在原地大半天動也不動，訝異地偏頭叫他。

「昌浩？」

昌浩低吟了好幾聲才回答：

「我有點撐不住了……」

這副模樣太丟臉，被小怪和勾陣看到也就算了，他絕對不想被螢撞見。

螢看到我這樣子，一定會笑我、嘲弄我、開我玩笑。

小怪聽到昌浩這樣嘀嘀咕咕個不停，不禁覺得好笑。

昌浩把什麼結婚、約定，統統拋到了一旁，卻還是不想讓螢看到自己窩囊的樣子。

不過小怪也知道，他並不是對螢有特別的感情，而是自卑感在作祟。

平時他受傷再嚴重，也會靠意志力撐住，卻不太能忍這種說痛不痛的苦楚。小怪邊這麼想，邊對他說：

「太晚回去，老翁和老嫗會擔心。」

「唔……這……」

昌浩也不想讓親切的老夫婦擔心。

他連做幾次深呼吸，挺直背脊，強忍住了疼痛。

靠近小屋，就聽見裡面的咳嗽聲。

勾陣拉開門走出來，看到昌浩和小怪，眨了眨眼睛。

「怎麼這麼晚？」

「對不起，螢呢？」

「好像傷到喉嚨了，一咳起來就咳不停。」

勾陣指指手上的水桶，說螢拜託她去提水。

「我去吧。」

水要從森林裡的泉水提過來。從這裡到那裡有段距離，老嫗曾笑著說，有昌浩在，她輕鬆多了。

昌浩放下木柴堆，接過水桶。勾陣目不轉睛地盯著他看。

「怎麼了？」

昌浩好奇地歪著頭問。

「沒什麼……只是覺得你好像豁然開朗了。」

「小怪也說了類似的話呢。」

昌浩摸著後腦勺，百思不解。小怪從木柴堆跳到他肩上，搖著尾巴說：

「不用太在意，不久你就會懂了。」

昌浩還是一副不能釋懷的樣子，被他們催說還不趕快去提水，才慌慌張張跑走。

7

現在是陰曆十一月下旬，再過幾天就要從滿月變成下弦月了。

藤原敏次聽說藤原公任終於可以起床了，就到處拜託，希望可以想辦法見到藤原公任。

敏次的身分不高，即使去了幾乎不認識的公任家，也不知道進不進得去。

他透過很多關係想辦法，都去不成，最後只能去拜託藤原行成。

離開陰陽寮後，他直接去了行成家，不管三七二十一，跪下來就說：

「在您百忙中來拜託您這種事，我也覺得於心不安……」

必恭必敬的敏次，緊張得連聲音都在發抖。

「公任大人前幾天醒來了，不知道您能不能安排我去見他，問他一些事？」

「……」

行成滿臉驚訝，猛眨著眼睛。

久久等不到答案的敏次，戰戰兢兢地抬起頭。

「呃，行成大人……？」

擅長書法又是能幹官吏的行成，掩著嘴巴苦笑起來。

「我就想你會來拜託我這件事……」
「啊？」
「你一直沒來找我談，我還擔心你怎麼了……」
行成現在才知道，原來敏次是怕麻煩已經很忙碌的自己。看著他老實耿直的模樣，行成莞爾一笑。
敏次聽從行成的指示，緩緩抬起頭來。
行成拍手叫喚侍女，吩咐她拿開水和酒來。侍女分別把酒和開水倒入陶杯後就退下了。行成叫敏次不要客氣，趕快喝。
敏次行個禮，喝下陶杯的水。一陣冰涼沁入心脾，他呼地喘了口氣。緊繃的神經鬆懈下來，如釋重負。
「公任大人有幾天不適合見客，所以我已經安排好三十日那天再去拜訪。」
敏次瞪大了眼睛。
「三十日嗎？」
還有整整五天呢。
敏次的臉上難掩焦慮，行成安撫他說：
「公任大人在生死邊緣掙扎，好不容易才脫離險境。而且，災難是不祥之事吧？敏次。」

「啊……」

沒錯。

不管遇到的災難是大是小，都是不祥之事。要驅除不祥，必須請陰陽師進行修祓儀式，由占卜決定天數，待在家裡齋戒淨身，儘可能連家人都不要接觸。敏次也有過這樣的經驗。不祥是穢事，碰觸穢事是禁忌。

「他請了凶日假，正在齋戒淨身中。他的夫人給了我一封很誠懇的信，請我務必在凶日假結束後去探望他先生。敏次，我了解你的心情，可是這件事急不得。」

聽完行成溫和的告誡，敏次垂下頭說：

「對不起……」

身為陰陽師，居然忘了這種基本中的基本，真是愧為首席陰陽生。

行成瞇起眼睛說：

「我不是在責怪你，我了解你的心情。」

聽說檢非違使也去過公任家，可是公任還在凶日假中，所以也還沒有直接跟公任交談過。

「我聽說公任大人醒來時，典藥寮的丹波大人正好陪在他身旁。今天在宮裡遇見丹

波大人時，就跟他聊了一會。」

敏次屏住了氣息。

「那麼，丹波大人怎麼說？」

行成搖搖頭，對興奮的敏次說：

「沒說什麼。他只說公任大人醒了，可是他才離開一會，就又睡著了。雖然公任大人在逐漸復原中，但是他還沒聽說那天在書庫到底發生了什麼事。」

深深嘆息的行成，表情憂鬱。

「都快一個月了……」

想到還會繼續拖延，敏次不由得抓緊了膝蓋。

昌浩還是行蹤不明。檢非違使的搜捕從來沒有鬆懈過，可是自從月初追丟了後，就完全失去了他的音訊。

聽說追兵們被奇妙的怪物攻擊。檢非違使原本認為是昌浩操縱的式，用來阻止追兵。但是據現場遭到攻擊的士兵們說，好像不是那樣。

那隻怪物像是要攻擊昌浩和他的另一個夥伴，追兵們只是受到牽連。

檢非違使認為，另一個同伴應該是昌浩的共犯。

在皇宮裡犯案，很難逃得出去。昌浩一定是先安排共犯躲在宮內，案發後製造騷動，兩人再趁亂逃出去。

敏次不由得欠身向前說：

「無稽之談！怎麼可能……」

激動得差點大叫的敏次，很快平靜下來，閉上了嘴巴。

檢非違使的說法，乍聽之下很有道理，其實都只是加油添醋的想像。

追根究柢，昌浩根本沒有理由加害公任。昌浩與公任之間，完全沒有直接關聯。即便是有某個第三者覺得公任礙眼，想剷除他，把這件事委託給昌浩去辦，身為陰陽師的昌浩親自下手殺人也太奇怪了。

陰陽師大可使用法術，大膽地下詛咒，詛殺對方。不會使用自己不熟悉的武器，在隨時有人進來的陰陽寮書庫殺人，這樣的選擇太沒效率了。

儘管昌浩還只是個半吊子，也不可能不知道這種基本中的基本道理。

再說，大概也不會有殿上人委託昌浩做這種事。他們要的是萬無一失。比昌浩有實績、有經驗的陰陽師多得是。除了安倍家族外，還有其他世世代代以陰陽師為業的家族。

在陰陽寮，身為藤原一門的敏次，算是非正統的存在。

所幸敏次還沒有參與過這種檯面下的工作，不過以後還是可能會接觸到。敏次有這樣的覺悟，也知道自己現在還無法勝任。要讓自己變得無情，還需要一段時間。

敏次努力不讓憤怒顯現在臉上，行成冷靜地注視著這樣的他。

長久以來，行成在皇宮裡看過太多事情，自己也曾是被詛咒的對象。就某方面來說，在宮內發生什麼事都不奇怪，被陷害也是常有的事。

行成默默將陶杯裡的酒一飲而盡，瞪著空杯發呆。

將近一個月來，他幾乎沒有跟當今皇上好好交談過。

做政治相關的報告，是行成每天的工作。每天他都要到御前上奏，取得皇上的許可，以求順利完成業務。可能與他的計畫書向來做得十分縝密也有關係，皇上很少當場對他上奏的事提出異議。不過，做最後決定的人是皇上，所謂的上奏其實也只是一種形式。所以這件事並沒有什麼問題。皇上對上奏的事不發表任何意見，這種態度一點也不奇怪。

可是行成就是覺得不對勁。

年輕的當今皇上，怕怠忽國政，總是會熱心傾聽，因此行成上奏時也特別起勁。想到皇上對自己的信賴，就會更督促自己傾注全力完成任務。

這樣的忠心，全都是為了報答皇上的信賴。說不希罕地位與權力是騙人的，但行成敢說自己絕不是只為了這些。

皇后的病是一切的開端。

藤原伊周請來的陰陽師，奉皇上之命進行了占卜。聽說皇上聽到占卜的結果十分失望，因為這次皇上下令占卜的是重罪犯人的行蹤。

從某天起，再也卜不出來昌浩的行蹤了。不管怎麼占卜，結果都模糊不清，沒有出現過清晰的卦象。

所以皇上慌了。

搬出宮外的定子，病情一天天惡化，眼看著就快臨盆了，身體卻十分虛弱。

有個陪皇后搬進竹三条宮侍女，跟行成很熟。她一直裝得很堅強，卻偶爾還是會忍不住眼眶泛淚，聲音哽咽。

——皇后殿下……知道自己的狀況……

聰慧、才華洋溢、特別傾慕皇后定子的她，眼淚嘩啦嘩啦地掉下來，用袖子掩著臉，勉強擠出聲音說下去。

——她會離開後宮……就是希望皇上只記得她以前漂亮的樣子……

定子知道自己再也回不去了。

如幻夢般遠去的燦爛日子，才是真實的。那些都已成為過去的現在，是夢的邊緣。

那麼，她要留下的不是夢，而是真實。

這是被種種悲慘命運捉弄的皇后的最後心願。

皇上其實應該都知道，卻不想承認。

所以他緊抓著皇后，不肯放手，這樣他才能勉強把持住自己。

他還太年輕、太脆弱，無法忍受與所愛的人分別。

「……」

行成自己把酒倒入陶杯，一口氣喝乾。

皇上不只對他的態度很冷淡。

將近一個月來，他似乎也刻意避開與左大臣面對面。

早朝時，大家齊聚一堂，皇上總是面目猙獰，沒有人敢跟他開玩笑。原本大家會說點笑話或輕鬆的話題，緩和現場的氣氛，現在完全沒有了。

早朝一結束，皇上就馬上離開了。左大臣追上去要求晉見，他就說身體不好、人不舒服，用種種理由斷然拒絕。

左大臣是僅次於皇上，高居國家頂端的權力人士。在他的指揮下，所有人都會動起來。

皇后是他的親姪女，他卻還是把自己的愛女送進宮中陪伴皇上。

以前，皇上會考慮他們雙方的立場做事，現在完全不花這種心思了。

這是危險的徵候。即便是皇上，惹惱了左大臣，也不知道會怎麼樣。

左大臣不是沒可能逼皇上退位。

行成緊緊握起了拳頭。

這樣下去，國家會分裂。伊周帶來的陰陽師，會攪亂天下。

全身散發著嚴肅的氛圍，沉默不語的行成，緩緩開口了。

「敏次……」

緊繃的聲音讓敏次覺得，胸口彷彿被什麼刺穿了，他從來沒見過行成這樣的表情。

「是……」

「你能不能幫我占卜，看看這件事會怎麼收場？」

出乎意料的話，讓敏次啞然無言，心跳加速。

行成的雙眼深處，閃爍著犀利的光芒。

敏次雙手伏地說：

「現場沒有任何道具，所以……」

「那麼……」

行成想說改天也可以，但敏次緊閉起眼睛，打斷他說：

「這種時候做占卜，很可能讀錯。安倍晴明大人或許不會，但像我這種年輕之輩，很可能會把自己的心願反映在卦象上。這樣不叫占卜，只是把自己的心願呈現出來而已。」

而且，敏次與行成往來密切。愈密切愈容易反映出他的心願，式盤恐怕顯現不出正確的卦象。

「這樣啊……」

行成嘟囔幾聲，垂下了視線，眼中的光芒也消失了。

敏次鬆了一口氣，深切體會到不安會招來更大的不安。

沉默了好一會的行成，忽然顫動著眼皮說：

「對了，找晴明。」

找那個駐留在伊勢齋宮寮的曠世大陰陽師。

被齋宮寮的官吏大中臣春清請去伊勢的晴明，因為這之外的機密任務，暫時還不能回京城。

行成知道他不能回來，所以在思考種種事時，都下意識地把他排除了，其實他即使待在伊勢，有些事應該還是辦得到。

能不能派使者去找他，說明事情經過，請他確認伊周手下的播磨陰陽師的占卜正不正確呢？

可以的話，皇上頑強的態度說不定會軟化。

「行成大人……」

跪坐著不發一語的敏次，下定決心似的開口叫喚，驚醒了沉思中的行成。

「啊……對不起，我在想事情。」

「沒關係，請問……您有沒有聽說會怎麼處置陰陽寮的三位博士？」

行成馬上聽出他想問什麼，臉色變得陰沉。

聽說皇上的意思是要罷免三位博士，陰陽寮的寮長陰陽頭四處奔波走動，想盡辦法避免這件事發生，但皇上意志堅定，會不會打消這個念頭值得懷疑。

除此之外，道長還私下告訴了行成一件事。

安倍吉昌向左大臣報備，說他要在罷免前先奉還官位，希望皇上可以看在他這麼做的分上，不要追究其他人的刑責。

左大臣沒有馬上給他答案，嚴令他不可以做出衝動的事。可是吉昌心意已決，再拖下去，他很可能跳過左大臣直接稟報皇上。

「我沒資格說什麼……就看皇上怎麼想了。」

敏次咬住嘴唇，感嘆結果還是只能這樣。

如果皇后的病可以痊癒就好了。但是說到她的病……

「不知道可不可以去拜訪安倍府？」

這句話問得太突兀，行成呆呆看著敏次。

臉色有點蒼白的首席陰陽生接著說：

「昌浩大人不在京城。我聽說吉昌的家人都聚集在安倍府，我有件事非見到他們不

可。但是有檢非違使在監視他們，未經許可不能進入。」

敏次猛然低下頭說：

「不知道可不可以靠行成大人的關係取得許可？」

有樣東西，他無論如何都想拿去給安倍家的人看。光憑他自己無法確定的事，需要由他們來做判斷。

請他們看自己讀出來的結果是否正確。

行成滿臉嚴肅地合抱雙臂。

現在貿然採取行動，會刺激皇上。行成自己也想派使者去找晴明，但即使真要這麼做，他也必須小心謹慎，不要讓這件事傳入皇上耳裡。

不過，他換個角度想。

敏次只是個首席陰陽生。撇開實力不談，光以陰陽師來說，他還不夠成熟。

雖然直屬陰陽博士吉平，但也認識吉昌、成親、昌親，地位又不高，所以他採取行動，說不定被懷疑的可能性也很低。

監視安倍晴明和他兒子們動向的人，說不定不會對連京城都沒出去過的藤原氏族的低階官吏起疑心。

不過，貿然行事還是有危險，很可能使檢非違使產生更大的懷疑。

「最好有什麼說得通的理由……」

「理由……」

絞盡腦汁思索的敏次，靈光乍現，眼睛亮了起來。

「啊，想到了！可以用向吉昌大人借晴明大人藏書的名義！」

以前他借過學陰陽道必讀的《論衡》。那套書已經還了，還的時候，安倍家還跟他說想讀什麼書隨時可以來借。

「學習陰陽道的人都知道，晴明大人的藏書有多少。」

既然是學習上要用到那些書，想必檢非違使也不會把力求進步的陰陽生轟出去吧？應該不會。

行成摸摸下顎。

「沒錯……好，我去拜託陰陽頭，請他促成這件事。」

陰陽寮需要這些書，會比陰陽生敏次個人的理由，更具有說服力。皇上與陰陽寮之間並沒有心結。

第二天，行成立刻去找陰陽頭，簡單說明原委，請求協助。

陰陽頭也覺得皇上要罷免三名博士的做法太過蠻橫，所以欣然答應了。

就這樣，敏次在工作結束後，就帶著陰陽頭的信去了安倍家。

安倍家的四周，有檢非違使派去監視的衛兵在巡邏。京城的各個出入口大門，也有幾個監視的衛兵長駐在那裡。皇上有令，看到安倍直丁立刻逮捕。

敏次行個禮就要通過時，衛兵的長戟從旁邊伸過來，攔住了他。

「你去安倍家做什麼？」

被嚴厲的詢問嚇得幾乎退縮的敏次，激勵自己要勇敢。

「陰陽頭派我來借安倍晴明的藏書。」

他把陰陽頭的親筆信拿給衛兵看，說這就是證明。

衛兵檢視信中內容，確認他沒有說謊，交代他不要待太久，就拿開了長戟。

穿越大門，走進裡面籬笆延伸的道路，敏次就長聲嘆了一口氣，彷彿把肺中的空氣全吐光了。

幸虧有帶陰陽頭的信來。以這種氛圍來看，敏次個人的理由恐怕進不來。

坐在屋頂上的十二神將朱雀，看到來訪的人，半瞇起了眼睛。

那不是愛慕天一的陰陽生嗎？

他一躍而下，走到正坐在外廊眺望庭院的天一身旁。

「朱雀？」

「天貴，快躲起來。」

「咦？」

他抓住天一的手，把她拉起來，再拉向自己。

「那個說妳像仙女的人類來了。」

天一歪著頭表示不懂，朱雀優雅地抱起她，跳上了屋頂。

從屋頂往下看的天一，發現見過幾次面的陰陽生就站在門前。

「……」

正要叫喚家僕的敏次，看到門在他出聲之前就打先開了，嚇得屏住氣息，張大眼睛，說不出話來。

出來的是昌親。神將們告訴他有陰陽生來訪，他很訝異是哪位陰陽生，就走出來看看。

見到來訪的人是敏次，他細瞇起眼睛說：

「喲，是敏次啊，你居然進得來。」

聽昌親的口吻，好像早就知道有人來訪，敏次驚愕地回應：

「嗯……呃，是陰陽頭派我來的。」

他遞出手中的書信，上面的確是陰陽頭的親筆署名。

「陰陽頭……？」

「是的，呃……可以進去打攪嗎？」

昌親眨了眨眼睛。

向來嚴守禮儀規範的敏次，居然會沒先通報就登門拜訪，還冒昧要求進入屋內。平常時候也就罷了，現在可是非常時期。

這麼想的昌親，發現衛兵在門口窺視著他們的舉動。

敏次顯然很在意那些衛兵，神情非常緊張。

「你是來替陰陽頭辦事？」

昌親再次確認，敏次有點故作姿態似的用力點著頭。

「是的，陰陽頭交代我，務必要見到吉昌大人。」

昌親往後退一步，擺出請他入內的姿勢。敏次行個禮，走進泥地玄關。在門靜靜關上前，昌親還看到衛兵可怕的眼神。

敏次鬆了一口氣，心臟這時才開始狂跳起來。

雙手也不自覺地微微顫抖著。

這時候他才體會到一件事。

儘管自己沒做過什麼虧心事，被衛兵懷疑的銳利眼神一瞪，還是嚇得縮起了身子。

被瞪視、被注視時，會感覺到背後那股視線，怎麼樣也擺脫不了，必須傾注全副精神才能維持自然的行動。

可想而知，被指控「人是你殺的」、「是你下的詛咒」，不管怎麼辯解都沒人肯聽，還被粗暴地強行拖走，是多麼可怕的事。

那時候，昌浩看起來很害怕，連聲音都發不出來，整個人驚慌失措。

敏次用左手抓住顫抖的臂膀，強打起精神。

不知道昌浩現在是不是還懷著那樣的心情，在寒空下逃亡呢？如果是，未免太殘酷了。

「敏次大人？」

昌親擔心地叫喚，敏次勉強擠出僵硬的笑容說：

「唉……我今天才知道，我好像比我自己想像中還要沒膽呢……」

他自以為擠出了笑容，其實表情僵硬又奇怪。昌親知道他是強裝堅強，對他微微一笑，默默點著頭。

他們直接穿過吉昌的房間。

「昌親大人，請問……」

「什麼事？」

敏次注意到屏風後沒什麼人的動靜，似乎有點詫異，支支吾吾地問：

「令堂不在嗎？」

以前來拜訪時，是吉昌的夫人出來迎接他。

「是啊。」昌親回說：「最近有點混亂，對她來說不是很好的環境，所以先讓她回娘家了。」

敏次目瞪口呆，昌親卻一副沒事的樣子，繼續帶著他往前走。

「謝謝你的關心，不過你放心，她畢竟是陰陽師的妻子。」

昌親在木拉門前停下來，出聲叫門，等裡面有回應才拉開門。

還靠著快撐到極限的體力保持清醒的成親，跟父親促膝而坐，表情嚴峻。

看到呆呆站立的敏次，吉昌和成親都瞪大了眼睛。

「敏次大人，你怎麼來了？」

開口問的是成親，吉昌只是訝異地看著他。

敏次慌忙跪下來，在走廊上伏地叩拜。

「我沒有通報就前來拜訪，請原諒我的無禮……」

「啊，行了行了，不要這麼拘束，這樣磨磨蹭蹭地會把我累死。」

成親的聲音聽起來有點不耐煩，敏次惶恐地抬起頭。

他從來沒看過表情這麼嚴肅的成親，好像在生什麼氣。

昌親拿出坐墊，擺在吉昌和成親之間。敏次聽從指示，點頭哈腰地走向坐墊坐下來。

「你居然進得來。」

吉昌讚歎地說，敏次趕緊把信遞給他，說是靠行成和陰陽頭的協助。

信上寫著，陰陽生要用到晴明的藏書，請把書交給敏次帶回來。

「……沒寫要什麼書啊……」吉昌皺起了眉頭。

成親猛然從父親手中抽走那封信，大略看過後，拋出一句話說：

「什麼書都行吧？拿書只是藉口，對吧？敏次大人。」

啞口無言的敏次慌忙回應說：

「是、是的，您說得沒錯，其實我是有樣東西想請各位過目……」

他抽出藏在懷裡的紙張攤開來。

看起來像是什麼圖面。

吉昌才瞥一眼，就露出了嚴謹的眼神。

「是式盤……？」

紙上畫的是六壬式盤，只是記載的名稱、位置，都很草率粗略。

分散各處的文字凌亂不堪，但還看得懂。

起初，安倍家的三名陰陽師都疑惑地盯著那張紙。沒多久，他們的眼神就變了，表情緊繃起來，全神貫注地凝視著那張紙。

敏次看到他們那種表情，就知道他們已經讀出那個卦象代表著什麼，再次對他們的能力佩服不已。

看過式盤的卦象抬起頭的昌親，用帶點顫抖的聲音問：

「敏次大人，這是……」

面無血色的敏次，吞了口唾沫。

「這是我前幾天隨手占卜的結果。」

他稍作停頓，調整呼吸說：

「我只是想知道……皇后被下詛咒的事是不是真的……」

陰陽師們都無言地看著那張紙。

式盤給了明確的指示。

真的有詛咒。

8

皇后被下了詛咒。

吉昌倒抽一口氣，默默站起來，走到放在牆邊的式盤前坐下來。

到目前為止，沒有人想過要占卜。

他們認為昌浩的嫌疑，根本是被冤枉的。昌浩怎麼可能做那種事？皇后的確是生病了，跟這件事無關。

昌浩沒做那種事，所以沒有詛咒。

這是他們先入為主的想法。

然而，敏次占卜出來的卦象顯示，有詛咒這件事。

正要進行占卜的吉昌，背影緊繃得教人不寒而慄。

「呃，這真的只是我隨手占卜的結果，所以想請各位再看看……」

敏次驚慌失措，急著想說些什麼，被成親舉起一隻手制止了。敏次被他的氣勢壓住，閉上了嘴巴。

響起了式盤轉動的聲音。

靜止後，吉昌觀看卦象好一會，用缺乏抑揚頓挫的語調說：

「沒錯，有詛咒。」

成親和昌親的眼睛，都浮現嚴峻的色彩。偏頭往後看的吉昌，大驚失色，面如白紙。

「皇后殿下的病是詛咒引起的，卻沒人發現，這是陰陽寮的一大失誤。」

吉昌詛咒自己的大意，懊惱得咬牙切齒，恨不得拿周遭人來洩憤，好不容易才壓住這樣的衝動。

他一直認為，以皇后定子的處境與立場來看，生病也是無可避免的事。懷孕的身體是積憂成疾，漸漸變得虛弱。

安倍晴明去伊勢前，曾奉皇上的命令，替皇后進行病癒的祈禱儀式，但終究還是有大陰陽師也辦不到的事。

那是天命。

陰陽師們都認為，若要占卜皇后的病會怎麼樣，結論肯定只有一個，不管誰占卜都一樣，只是大家都絕口不提。

然而，皇上並沒有命令陰陽寮占卜皇后的病能不能治癒。

只要皇上想知道，他們就必須正確傳達卦象的結果。

皇上不想知道，很可能是因為他有某種預感。

但是敏次占卜出來的，是命運之外的結果。

皇后確實被下了詛咒。是詛咒讓她的病情逐漸惡化，飽受折磨。

面無血色的吉昌，接著占卜詛咒的來源。

但是卦象只顯示有人下了詛咒，至於這個人是哪裡的誰，總是模糊不清，彷彿被什麼東西遮蔽了。

敏次滿臉蒼白，緘默不語。

自己在憤怒下做的占卜，居然呈現令人難以置信的結果。

他在式盤前坐下來，只是想證明沒有那回事、昌浩不會做那種事，沒想到害昌浩更洗不清冤屈了。

這件事若被皇上知道，恐怕皇上的態度會更加頑固。

所以敏次才想把占卜的結果，拿給實力比自己堅強許多的安倍家的人看，希望他尊敬的吉昌等人，會否決這樣的結果，說他的占卜錯誤，或是看錯了。

全身僵硬的敏次，難過地說：

「看、看我……做的好事……」

他一心想找出拯救昌浩的方法，卻把昌浩逼入了絕境。

就在這時候，成親的一句低喃，傳入了垂頭喪氣的敏次耳裡。

「不……」

敏次抬起了頭。成親摸著下巴，一副沉思的模樣，吉昌和昌親都盯著他看。

「大哥？」

成親看一眼眉頭深鎖滿臉疑惑的昌親，再轉向敏次說：

「你做得很好，敏次大人。」

雙頰凹陷的精悍臉龐，看起來比以前更加敏銳。敏次就像被他嚴厲的眼神射穿般，縮起了身子。

「啊……？」

成親看到反應不過來的敏次驚慌失措的樣子，對他露出爽朗的笑容。

「原來真的有詛咒。不過，下詛咒的術士不可能是昌浩。」

聽成親這麼說，吉昌眨了眨眼睛，但很快就想到成親這句話的意思，倒抽了一口氣。

「說得也是……」

沒隔多久，昌親似乎也想通了，張大眼睛，脹紅著臉說：

「啊，沒錯……！」

還搞不清楚怎麼回事的敏次，與心領神會的安倍家人成對比，焦躁得渾身不舒服。

到底怎麼回事？藤原伊周從播磨請來的陰陽師的占卜顯示，在陰陽寮犯下兇殺案的人，就是下詛咒的人。伊周把這個結果稟報了皇上，憤怒得失去理智的皇上一口咬定，跟受傷昏迷的公任一起待在書庫的昌浩就是犯人。

「呃，對不起，我不太了解成親大人的意思……」

敏次不怕羞恥，老實請教。成親眨眨眼，瞇起眼睛說：

「啊，抱歉，聽我說，敏次……」

「是。」

正襟危坐的敏次，露出專注的表情。

「昌浩還是個半吊子。」

「……哦……」

敏次不知道該不該表示同意，只能虛應一聲。

成親回給他鬼黠的笑容。

「我那個還是半吊子但志向遠大的弟弟，在關鍵時刻還是會猶豫不決，他還沒有做好心裡準備對人下詛咒。」

「……！」

這是個盲點。

啞然無言的敏次，與昌親、吉昌彼此對看，臉色沉重。

身為陰陽師，總有一天要走上這條路，但是沒有這樣的覺悟，就下不了詛咒。所以下詛咒的術士，不可能是昌浩。這樣的論調，等於是認同「以陰陽師來說昌浩還是個半吊子」的評價。

從半吊子這件事，分析出洗脫罪嫌的可能性，對看著昌浩為了成為頂尖陰陽師努力至今的家人來說，不知道該不該高興，心情非常複雜。

但是，現在最重要的是爭取昌浩的清白。

「我們可以透過陰陽頭稟報皇上，就說昌浩還沒辦法處理那種高級技術。他雖然是安倍家的一分子，但是在一般人眼中，畢竟還是個十四歲的半吊子。就算他是什麼安倍晴明的小孫子、接班人，也沒有足夠的說服力。」

成親合抱雙臂，滔滔不絕地說。在一旁聽他說的昌親，有點同情不在現場的昌浩。儘管是為了爭取自己的清白，被尊敬的哥哥說成那樣，即便不是事實，昌浩還是會很受傷吧？

昌浩不在現場，昌親由衷感到慶幸。

父親吉昌的心情，似乎也跟昌親一樣。他拉長臉看著長子，但沒有開口制止他的意思。

敏次半茫然地聽著成親說的話，最後似乎再也忍不住了，開口說：

「呃，可是，成親大人……」

「嗯？」

「昌浩大人工作時很認真，學習陰陽道的態度也充滿熱忱，我覺得他比一年前成長了許多。說他是半吊子，好像有點……」

說著說著，敏次忽然發現不對勁。

成親的眼睛帶著笑意，他絕不是真心在說那些話。那麼，這樣拚命反駁的自己，看起來是不是很滑稽呢？

覺得很丟臉的敏次，閉上了嘴巴。

「既然在同一個部門看著他工作的敏次都這麼說了，應該就是這樣吧。」

成親笑逐顏開，緩緩吁出一口氣。

昌親驚慌地說：

「大哥，你差不多該躺下了。」

成親默默舉起了一隻手。他是想表示不用擔心，臉色卻違背他的意願，變得很難看。

敏次這才想起，成親的身體也出了問題。聽他這樣說話，只會覺得他雙頰凹陷，看起來像大病初癒，完全看不出來他的身體狀況其實很不好。

現在的成親只是強撐著，不想讓人看到他軟弱的一面。

「對不起，我待得太久了，該告辭了……」

「別這麼說，讓你為這件事操心，我們才不好意思。」

「哪裡……」

敏次搖搖頭。一直擺在心裡，不能對任何人說的事，終於可以一吐為快，他的心情輕鬆多了。

詛咒的事，他連行成都不敢說。

對象必須是像安倍家族這樣以陰陽道維生的人們，否則很難傳達不能靠語言傳達的部分。

敏次若空手離開，監視的衛兵會產生懷疑，所以吉昌指示昌親，從晴明的書庫拿出幾本藏書。

昌親拿來的書，是晴明彙整的關於占卜的筆記。

「我覺得這本書應該很有說服力，你覺得呢？」

成親看看昌親手裡的書，裝模作樣地說：

「這個嘛……我記得有一本是爺爺把完成的祝詞隨手記下來，再大致裝訂成冊的書，何不把那本也拿來？」

「啊，我想起來了，好像堆在爺爺的房間裡。」

爺爺說哪天有空時，要重新抄寫，依用途做整理。題外話，聽說裝訂成冊的人，是

十二神將玄武和太陰。據爺爺透露，他正在裝訂時，他們在一旁看，覺得很新奇，爺爺就拜託他們，沒事的話幫他裝訂，他們一口就答應了，但是從完成品可以清楚看出他們各自的性格。

「還有，小時候好像聽爺爺說過，有本書是把以前的陰陽師找來，記下他們說的種種事，那本書大概沒人知道吧？」

「啊，那很貴重呢，我去找找看。」

趴躂趴躂跑出去的昌親，沒多久後全身沾滿灰塵回來了。

「找到了，應該是這本吧。」

「很好很好，居然找得到，不愧是我弟弟。」

成親滿意地點著頭，昌親不以為然地說：

「跟是不是你弟弟沒關係吧？」

聽著兄弟兩人對話的父親，板起臉說：

「你們兩個……趁爺爺不在時，把他還來不及謄寫彙整的書借出去，他會很錯愕，不要這麼做。」

吉昌訓誡兩個玩笑開得太過火的兒子，把經過篩選的書用布包起來。

「那麼，這些書……敏次？」

茫然聽著父子對話的敏次，張大眼睛，呆呆看著吉昌手中的布包。

對學習陰陽道、以陰陽道維生的人來說，安倍晴明記載的關於占卜的書，可以說是價值千金的瑰寶。

看到敏次的反應，成親和昌親都感同身受。

也難怪敏次會這樣。連他們都常覺得祖父很偉大，雖是親祖父，卻不太敢隨便靠近。以陰陽道為志向的其他外人，就更不用說了，一定會把祖父親筆寫的研究書籍奉為圭臬。

敏次呆呆看著包著書的布包，定住不動。成親吃力地移動到矮桌旁，很快寫了一封信交給他。

「把這封信交給陰陽頭。」

猛然回過神來的敏次，拚命道歉，然後把布包當成寶物般捧在懷裡。

「那麼，我告辭了。」

昌親和吉昌送他到門口，他在衛兵的監視下離開了安倍家。

滿心牽掛的他頻頻回頭，看到他們還在門口送他。

想到他們正處於艱難時刻，還這樣對待他，他不禁大受感動。

沒有去送客，先上床休息的成親，沒有躺下來，盤坐在床上。

這時候，十二神將天一現身了。

「成親大人，您再不休息……」

成親敷衍地應付一下擔心的神將，就陷入了沉思中。

半瞇起的眼睛閃爍著光芒。

沉默了好一陣子，他喃喃說了一句話。

「詛咒也是個辦法……」

他的聲音低沉、可怕，天一顫動著眼皮說：

「成親大人，您是不是在打什麼主意？」

天一詢問的語調有些僵硬，安倍家的長子對她搖搖頭說：

「對我來說是好主意，對你們來說可能是壞主意。」

「成親大人。」

「不要跟我父親或昌親說。」

被這麼叮嚀的天一皺起了眉頭，成親苦笑著說：

「害妳露出這種表情，會被朱雀罵，很可怕。」

天一默默眨著眼睛，那眼神像是在問成親到底想做什麼。

比天空顏色還要淡的眼眸，乍看之下很夢幻，但成親知道她其實很堅強。被她的外

表迷惑，就會誤判她的內在。

她是把身上流著異形之血的父親和伯父撫養長大的神將。柔和的外表下，有著類似人類女性特有的柔和與強韌的母性。

在她目不轉睛的注視下，成親嘆口氣說：

「我最怕天一的眼神……」

他苦笑著垂下視線。

「既然對方是術士，我們就該禮尚往來，不是嗎？」

天一的眼睛浮現厲色，但成親還是老神在在。

「疫鬼是敵人的式。既然這樣，反彈回去就不是不可能的事。」

「成親大人。」

天一正要逼向前時，成親攔住她，低聲說：

「我知道。」

對方不是半吊子的術士。可以鑽到體內那麼深的地方，甚至跟身體完全融合的疫鬼，不但是式，還是會削弱成親生命的東西。

不要把它當成疫鬼，而是當成詛咒，就會有其他因應的對策。

問題是要做到這件事，成親恐怕力有未逮。

「老實說，能不能反彈回去是個賭注。力量不夠的話，會加重身體的負擔，使狀況更加惡化。」

不過，成親也確定了一件事。

被疫鬼迫害的他，曾經徘徊在生死邊緣。沒有渡過三途川，掙扎著回到現世後，別看他現在這麼虛弱，靈力可是有了飛躍性的成長。

人類是很不可思議的生物，跨越死亡就會更加茁壯。

「以前不能使用的法術，今後或許可以使用了，這都要歸功於災難。」

天一沉下臉，盯著一派輕鬆的成親。那股視線比千言萬語更沉重，也更具有說服力。

「我說過我都知道，不會輕舉妄動。」

篤子和孩子們都等著他，為了他們，他非活著回去不可。

把手按在額頭上的成親，呼地吁了一口氣。這口氣遠比他想像中沉重、深刻。

「靈力成長也不值得高興。」

因為那是用生命換來的。跨越死線回來，壽命會縮短許多。靈力的成長是用生命換來的危險的對價報酬。

這股力量比平時修行所得到的更強勁。也有不少人為了得到這股力量，不惜殘酷地對待自己。但很少人知道，這股力量是雙面刃。

即便是這樣，得到了，還是應該使用。畢竟在身、心上，成親都受到了言語無法形容的痛楚。

他雙眼綻放光亮。

「不回禮怎麼行呢——」

這是陰陽師的言靈。

神將們是聽命於陰陽師的式神，對於同樣是主人的陰陽師說的話，他們不能反駁。天一只能露出苛責的眼神，表達最起碼的抗議，成親以沉默回應她。

十二神將朱雀在天一背後現身。

可能是聽見他們兩人的對話與成親的決定，朱雀滿臉不悅地瞪著成親，但也沒說什麼。

成親有他冷酷的一面，遠超過兩個弟弟。那是身為陰陽師的另一張臉，只會呈現在式神與敵人眼前。

晴明和吉昌當然也都有這一面。成親雖然沒見過，但他知道絕對有。神將們都見過，但成親問起的話，他們也不會回答，因為沒必要回答，說了也沒什麼意義。

成親認為昌浩還不能對人類下詛咒，只是因為還沒有徹底的覺悟。

這樣的判斷是事實，也是他個人的期盼。

昌浩對異形下過詛咒。既然這樣，應該很快就能徹底覺悟。不管他願不願意，光就

做不做得到來說，昌浩確實擁有那樣的實力。

浸淫在沉思中許久的成親，察覺神將們的眼神愈來愈可怕，才趕快躺下來。

他把外褂拉到脖子，悄悄嘆了一口氣。

快一個月了，不知道昌浩在哪裡做什麼。他深信昌浩不會有生命危險，有騰蛇和勾陣在，絕不可能有事。

那麼，是不是還被困在不安裡呢？不，昌浩不會原地踏步。

昌浩是跟著安倍晴明學習陰陽道的孩子，也是最後出生的接班人。他不是靠言語學習，而是把那些重要的知識直接烙印在軀體上、烙印在心底深處。

成親這麼深信，所以才能不擔心他，把思緒轉移到如何對敵人展開反擊這件事上。

閉上眼睛的成親，很快發出了不太舒服的鼾聲。

疫鬼還躲在他的喉頭。神祓眾的女孩螢，用她的力量封住了疫鬼，但成親還是很痛苦，只是靠驚人的意志力強撐著。

神將們都知道。成親是個為弟弟著想的哥哥，從小他的耐力就是常人的一倍。然而他們也知道，他只是在強忍。

天一和朱雀默默看著昏睡的成親，有滿肚子的話想對他說。

第二天，敏次把安倍晴明的書和曆博士寫的信交給了陰陽頭。
傍晚時，他又帶著「確實收到」的信函去了安倍家。監視的衛兵的眼神比昨天更嚴厲，嚇得他不敢再進入屋內，只把信函交給了來應門的昌親。
那之後的幾天，表面上都很平靜，什麼事也沒發生。
昌浩依然杳無音訊，罷免三名博士的事也毫無動靜。
敏次多麼希望，事情可以就這樣平息，但他知道絕對不可能。
宮內盛傳，搬到竹三条宮的皇后，病情愈來愈嚴重了。
因為是詛咒，能治好的病也治不好，說不定活不久了。
恐怕要不了多久，就會從「說不定活不久」，變成「肯定活不久」。
倘若皇后的病情能稍微有點起色，說不定就能平息皇上的怒氣。
再加上，倘若可以從公任口中，得到昌浩沒有傷害他的證言，事情就一定會好轉。
等待三十日到來的敏次，每天都悄悄進行病癒祈禱，祈求皇后平安無事。
好不容易到了陰曆十一月的三十日，藤原行成與敏次在傍晚拜訪了藤原公任的府邸。
公任的臉色比他們想像中好多了，躺在床上，倚靠著憑几迎接他們。
說完公式化的探病問候語後，行成直接切入了話題核心。
「公任大人，殺傷你的人，真的是安倍直丁嗎？」

公任眨眨眼睛看著行成。

「啊，我知道了……」過了好一陣子，公任頗能理解似的喃喃說道：「行成大人是那位直丁的授冠人吧？原來如此……」

公任想到身為殿上人的右大臣，這麼關心被通緝的陰陽寮直丁的理由，不由得面露愁色，垂下了頭。

看到他那樣子，行成和站在後面的敏次，都有不好的預感。

心臟怦怦狂跳起來，無法言喻的不安在胸口蔓延擴散。

緊張地吞下口水的敏次，聽到公任虛弱地說：

「對不起，老實說，我也不太清楚。」

行成瞠目而視，逼問垂頭喪氣的公任。

「你不清楚？這到底是怎麼回事？公任大人。」

「傍晚的陽光照進來，看不清楚書庫裡的狀況。你也知道吧？黃昏時，東西怎麼樣都看不清楚。」

在橙色光線的照射下，人會被不同於白天的某種氛圍困住，感覺錯亂，原本輪廓清晰的東西也變得模糊了。

他說的這些話都可以理解。黃昏時，視線的確會變得不清楚。

「可是，應該知道直丁昌浩有沒有襲擊公任大人吧？」
「不知道。」公任無力地搖著頭，臉部表情糾結。
「可能是失血過多……我想不起來當時的事了。」
他們的確待在書庫裡。他記得他有話要跟昌浩說，但不記得那之後的事了。
意識茫然，模糊不清。
就像是被黃昏魅惑了般，應該看得見的東西也看不見了。記憶蒙上了一層霧氣，偏偏就只有那一塊朦朧不清。
「有東西……撞擊我這邊……」
公任按著受傷的地方，試著喚醒自己的記憶。
「從下面……咚地撞過來，起初我不知道發生了什麼事，所以……」
說到一半，面無血色的公任抱住頭，低聲嘟囔起來，額頭直冒冷汗。看起來不像是痛，而是用腦過度。
「對不起，我再也想不起來了……」
哀痛的話語，證明他絕對不是在說謊。
敏次在膝上緊緊握住雙拳，茫然若失。
怎麼會這樣呢？他一直以為，等公任醒來，真相就會大白。只要公任說明當時發生

了什麼事，就能證明昌浩沒有殺人。

他這麼深信不疑。

所有希望都寄託在他們胸有成竹的公任的證言上，現在全都破滅了。

沒有取得證言，萬一皇后出什麼狀況，就不能證明昌浩的清白了。

行成扭頭往後看一眼面如白紙的敏次，他自己也被無計可施的絕望擊垮了。

「真的……很抱歉……」

公任的道歉聽起來很有誠意。

敏次茫然想著，公任不記得當時的事，卻可以用這樣的語氣談論昌浩，可見昌浩應該沒有加害於他吧？

但這只是敏次的期望，不能成為鐵證。

這件事該怎麼告訴安倍家的人呢？敏次的心情十分低落，只能行禮致意，完全說不出任何慰問公任的話。

行成確定再也問不出什麼，便起身告辭。

公任謝謝他來探病，也為自己不能送行道歉。

臨走時，敏次突然問公任一件事。

「公任大人，請問您怎麼會想找昌浩談事情呢？」

公任似乎被問得啞口無言。

稍微思考一下後，他自己也百思不解地歪著頭說：

「是啊，為什麼呢……」

「如果您不介意的話，想起來後可以告訴我嗎？」

公任欣然答應了敏次的要求。

在牛車搖晃前進中，行成疑惑地問：

「敏次，你為什麼問公任大人那種事？」

眉頭深鎖的敏次，喃喃說道：

「沒什麼特別的理由……」

真的只是突然想到，沒有任何用意。

敏次搖搖頭，嘆口氣說：

「我就是想知道，如此而已。」

9

進入十二月的幾天後。

去竹三条宮探病的藤原伊周，回到家立刻往西對屋走去。

播磨派來的陰陽師就住在那個房間。

播磨神祓眾的男人，絕不會說出自己的名字。名字是咒語，所以他們不隨便透露名字，這是伊周滯留在播磨時知道的事。

他把男人的出生地播磨，當成假名叫喚，男人也會回應。在宮內工作的侍女們，也經常使用類似這樣的假名。對陰陽師來說，名字的重要性似乎超越伊周這種普通人的想像。

名字代表一個人的生存方式和命運，具有掌控、引導的作用。父母替孩子取名字時，會注入滿心的期待。倘若生為公主，就只有家人和未來的丈夫會知道她的名字。

伊周想起妹妹的名字──定子。

他還以為妹妹注定一生都會幸福。

「播磨。」

男人端坐在對屋的主屋裡，緩緩轉過頭來。

那頭白色的頭髮，怎麼看都很怪異。鮮血般的紅眼睛，也會把人瞪得打從心底發冷。

「大帥，你回來了？」

「我妹妹的病，怎麼樣才能痊癒？」

伊周沒說任何開場白，直接切入主題，在播磨前單膝跪坐下來。

不帶絲毫感情的紅色雙眸仰視著伊周。

「怎麼樣才能解除詛咒？安倍直丁在哪裡？」

一連串的逼問，顯現伊周的不安。

動作要快，否則定子會出事。這樣的焦慮把伊周逼急了。

「你的占卜為什麼突然找不到他的行蹤了？」

被稱為播磨的男人搖搖頭，對語氣粗暴的伊周說：

「對方也是陰陽師，可能使用了隱身術，所以占卜不出來。」

「那麼，不能把詛咒反彈回去嗎？你是陰陽師，應該做得到吧！」

「你妹妹被下的詛咒，超出我的能力範圍，是非常可怕的詛咒。只要下詛咒的術士還活著，即使反彈回去，也會再被反彈回來。」

伊周勃然色變。

「你是說非殺了他不可……」

「我說過很多次了。」

播磨再次聲明沒有其他辦法了，伊周沮喪地嘆口氣說：

「真的、真的沒有辦法了嗎？播磨，你既然可以看透詛咒、準確算出兇殺案，應該也可以做到晴明做不到的事……！」

被稱為曠世大陰陽師的晴明，也治不好定子的病。

他唸的咒語，只能讓定子微笑著說身體舒服多了。想起那些日子，伊周不禁紅了眼眶。

應該比誰都幸福的妹妹，在父親死後，命運開始蒙上陰霾。伊周的失勢，更決定了她的不幸。

然而，皇上依然把愛情投注在定子身上，沒有絲毫的猶豫。定子已經生了兩個孩子，現在還懷著另一個。

一天比一天虛弱的定子，總是說自己怎麼樣都沒關係，一定要保住肚子裡的孩子。每次伊周都會斥責她，叫她不要說這麼不吉利的話。貴為皇后的她，搬到竹三条宮後，他們又可以跟以前一樣，以兄妹的關係輕鬆交談了。

生病很痛苦，又充滿不安，但兩頰凹陷看起來楚楚可憐的定子，微笑著說可以這樣談話就很開心了。

那樣的笑容愈發刺痛了伊周的心。

播磨似乎被他的真情打動了，露出了思慮的表情。
在伊周屏氣凝神的注視下，神祓眾的男人平靜地開口說：
「待在京城，怎麼做都有極限，大帥。」
占卜很難看透遠處的狀況。要想追到術士，斬草除根，最有效辦法就是自己去追殺他。
播磨說得很淡定，伊周卻明顯慌了起來。
現在這個男人離開京城的話，定子會怎麼樣？
播磨一直在這裡，為住在竹三条宮的定子做病癒的祈禱。
伊周原本要求他住進定子那裡，成天為定子祈禱，但他說他不想暴露自己與他人不同的外貌，斷然拒絕了。
神祓眾不是伊周的部下。伊周只能請求他，不能命令他，更不敢勉強他，生怕他會回去播磨。
伊周知道，占卜不是絕對的，連安倍晴明都有可能讀錯。可是他覺得播磨的精準度超越晴明，現在聽他的絕對不會錯。
播磨警告他，這麼做很危險。但是他的心太亂，聽不進去。
「面對安倍這樣的敵手，必須全力以赴，否則會危及自身。他血脈中的靈力，遠遠

超越一般人。即使這樣，你還是要我做的話，我就做。」
播磨說到這裡為止，紅色眼睛十分寧靜。
伊周必須做最後的決定。占卜只是指南針，被告知方向後，決定怎麼做是伊周的責任。
雙手緊握起拳頭的伊周，咬住嘴唇，閉上眼睛。
「……」
伊周垂頭喪氣地坐下後，緩緩地說：
「去追犯人吧。」
追到後就下詛咒。
「遵命。」
播磨默默行了個禮。

◇　◇　◇

回想起來，每晚都是雷聲大作。
當今皇上注意到這件事，是在進入陰曆十二月的七天後。

沒有下雨，可是快黃昏時，天空就會滿佈烏雲，雷電亮晃晃地打下來。

十一月初，發生那起兇殺案時，也有雷電擊落皇宮。

右大臣上奏，當時火災燒掉的幾棟建築物，已經開始重建。

說到火災，就會讓人想起去年那場大火。皇宮被燒毀大半，不得不搬遷到一条的臨時寢宮。

那之後過了一年多，很多事都跟當時不一樣了。

最大的改變是，中宮搬進了新建的藤壺，而皇后搬出了宮外。

皇上每天都派人去竹三条宮，確認定子的狀況，也每天都悲痛地聽著皇后的病情愈來愈嚴重的訊息。

偏偏在這種時候，伊周又向他稟報，播磨的陰陽師離開了京城。

伊周說播磨要去找下落不明的犯人，破除詛咒。可是，離開京城前，播磨說對方是安倍家的血脈，非常難對付。

說不定他再也回不來了。

聽到伊周這麼說，皇上臉色鐵青。

播磨的陰陽師走了，該怎麼辦？當今皇上沒有其他可以仰賴的術士了。

沒有可以保護定子生命的陰陽師；沒有支撐自己心靈的陰陽師。

就像被孤獨地拋在黑暗的大海中，深不見底的恐懼襲向了皇上。

他壓抑想大叫的衝動，掩住了臉。

在一旁待命的侍女、侍從們，看到他心神不寧的樣子，都很替他擔心，但也只能默默守護著他。

直到快午時，才有宮女從屏風後面走過來，向在清涼殿沉思的皇上稟報。

「啟稟皇上。」

「我說過誰都不准過來。」

語氣十分焦躁的皇上，隔著屏風也知道宮女嚇得伏地叩拜。她用緊張的聲音接著說：

「左大臣大人求見，已經來到南廂房。」

皇上大驚失色。

自從知道中宮與左大臣欺騙了他，他就不再與舅舅左大臣單獨見面了。

早朝是政務，避不開，所幸有其他高官在場，彼此間的交談可以控制在最小範圍內。結束後，他就立刻離席，只要以身體不適為藉口，交代不准任何人打攪，就沒有人敢違逆這個國家最高地位的他。

今天他也下達了同樣的命令，這個宮女卻刻意來向他稟報這麼不愉快的事。

他氣得正要破口大罵時，宮女用顫抖的聲音說：

「左大臣大人說他是替女院⑦送卷軸來……」

皇上目瞪口呆。沒想到左大臣會用這一招。

當今皇上的生母詮子，是左大臣道長的姊姊。出家後被封為女院，住在東三条府，生活上處處仰賴左大臣。這幾年來，可能是心靈脆弱，宗教信仰愈來愈虔誠，經常去各寺廟膜拜。

前幾天她去膜拜的寺廟，有僧都⑧送給她卷軸，她要左大臣轉送給皇上。

既然把母親搬出來了，就不得不見他。

氣得咬牙切齒的皇上走向主殿。

在御前等候的道長，神情平靜得可怕。

默默叩頭的他，似乎在等著皇上先開口。就是放在他旁邊的螺鈿盒，逼得皇上不得不來這裡。

既然是母親送的禮物，皇上再不甘願也不能置之不理。左大臣非常清楚皇上的弱點，讓皇上恨得牙癢癢的。

年輕的皇上握著扇子，咬住嘴唇。從他懂事以前，就是這樣。身為舅舅的左大臣，在他被立為東宮天子前，就把他摸得一清二楚，對他大獻殷勤。

「抬起頭來。」

耐不住沉默的皇上不得不開口，道長抬起頭，定睛凝視著他，然後沉穩地瞇起眼睛說：

「聽說皇上這個月來，龍體欠安，女院非常心疼，也非常擔心，特地去清水的寺廟膜拜，為皇上祈求身、心靈的平靜。」

皇上無言地點點頭。

左大臣臉上堆著笑容，皇上卻覺得他眼底閃爍著駭人的光芒，沒辦法直視他的眼睛。

強裝若無其事的皇上，眼神四處飄移，避開道長的視線。

道長拿起身旁的盒子說：

「這是僧都抄寫的經書，女院要我交給皇上。」

道長必恭必敬地獻上盒子。皇上對在旁邊待命的侍從使了個眼色。

侍從跪下來，膝行向前，接過左大臣手中的盒子，再退下。

抬起頭的左大臣，瞄了侍從與宮女一眼，再把視線拉回到皇上身上，以目光示意，要皇上把人都支開。

皇上皺起眉頭表示抗議，但最後還是被道長的氣勢壓下去了。

他敲敲扇子，侍從和宮女就行個禮退下了。

現在除了皇上和左大臣外，沒有其他人了。
放下板窗的主殿，白天也有點昏暗。
讓人喘不過氣來的沉默，襲向了皇上。他的心紛擾不已，忐忑不安。
是左大臣點燃了導火線。
「前幾天，我去見過中宮殿下。」
皇上的肩膀有些顫動。
「不知道發生了什麼事……她的臉十分憔悴……好像失去了活力和所有一切，全身虛弱無力，看起來很沮喪。」
皇上不停地眨著眼睛，視線飄忽不定。
從那天起，他就沒再見過中宮了。
給人秀麗、婉約印象的臉龐，閃過皇上腦海。在雷光中，一臉茫然的女孩，什麼話都沒說，只是搖著頭，淚如泉湧。
皇上的心忽然一陣刺痛。
想起她，居然會心痛，皇上自己都覺得驚訝。
可是中宮欺騙了他。
他原本以為，中宮很傾慕自己，心思也很細膩，總是悄悄地體貼他、關心臥病在床

的皇后，祈禱皇后早日康復。

在他眼中，中宮就是這樣，他也深信中宮是真的有心，沒有懷疑過。

如今事機敗露，卦象顯示中宮一直在欺騙他。

跟父親左大臣一起欺騙他。

所以皇上不能原諒他們，也不想見到他們，甚至想過乾脆罷免左大臣的職務，撤除他殿上人的身分。

但是他怕母親不會允許。

皇上的母親詮子，非常疼愛弟弟。前任關白病死，皇上不知道該下旨由道長還是伊周接任關白，面臨抉擇時，詮子連日來見皇上，遊說他說選擇舅舅道長才合乎道理。

原本想推薦伊周的皇上，最後還是拗不過母親。

這次也一樣。皇上如果除去左大臣的職務，母親肯定會怒氣沖沖地闖進宮裡來。

身居至高地位的皇上，在母親面前也抬不起頭。對他來說，親生母親是唯一不能違抗的存在。

道長平靜地詢問緘默的皇上：

「皇上是不是對中宮殿下說了什麼？」

眼尖的道長，看出皇上的臉有些微顫動。

「中宮殿下什麼都沒說……皇上。」

平靜的語調中，帶著抗爭的意味。

緊握扇子的皇上，吃了秤砣鐵了心。他想人都被支開了，不管他說什麼，也沒有人會看到他被欺騙的落魄模樣。

現場只有欺騙了皇上的罪人。

「左大臣，我知道我被你騙了。」

出乎意料的話，讓道長張大眼睛，屏住了呼吸。

「什麼……？」

那種表情好像很困惑，聽不懂皇上在胡說什麼，更激怒了皇上。

「不要裝了，否認也沒用。我已經知道，你和中宮兩人欺騙了我。」

道長的臉頓時變得慘白。

皇上看到他的反應，有種奇妙的振奮感。

想裝傻？看吧，直搗核心，你的假面具就剝落掉下來了。

乘勝追擊的皇上，又口沫橫飛地接著說：

「陰陽師的占卜顯示，中宮在入宮前就有了心上人。搬進藤壺後，她的心還是沒變，跟那個人私通。」

道長驚愕過度，說不出話來，連眼睛都忘了眨。

「左大臣，你明明知道這件事，卻還是瞞著我，把女兒嫁入了宮中……」

皇上用扇子拍打膝蓋，說得慷慨激昂。

「我連中宮跟誰私通都知道，就是前幾天在陰陽寮犯下兇殺案的直丁。那小子居然企圖詛殺皇后、詛殺懷著我的孩子的定子！」

皇上不由得站起來，用扇子指著道長的眉間。

「你這麼想得到權力嗎？不惜欺騙我，也要讓自己的親生女兒生下皇子嗎？居然把跟陰陽師私通的女兒嫁給了我……！」

道長瞪著指向自己的扇子，滿臉嚴肅地開口了。

「臣惶恐……」

看起來一點都不惶恐的道長，裝出恭敬的樣子，毫不客氣地說：

「是哪個卑鄙之徒，對皇上這樣胡說八道？」

左大臣的雙眸閃爍著厲光。

「中宮殿下跟陰陽師私通？臣真的萬分惶恐……太可笑了。」

冷冷地撇清後，道長又加強語氣說：

「皇上剛才提到了陰陽師，說是陰陽師占卜的卦象。把謊言、荒誕無稽的事，說得

跟真的一樣，這種陰陽師怎麼能信！」

皇上又被左大臣的氣勢鎮住了。

道長傲慢地瞪著蜷縮起來、啞口無言的年輕皇上，面目十分猙獰。

「皇上是不是聽信那樣的讒言，對善良的中宮殿下說了什麼殘忍的話？」

看到皇上避開他銳利的視線，道長忿忿地嘟囔：

「怎麼可以這樣……」

他低下頭，抓著膝蓋的手指顫抖起來。

「你說的陰陽師是什麼來歷？」

皇上沒有回答，道長不理他，又繼續說：

「那個陰陽師的能力，如果不輸給我們所信賴的大陰陽師安倍晴明，那也就算了，如果是摸不清底細的可疑術士，恕臣直言，皇上真的相信那種術士說的話嗎？」

「呃……！」

皇上想反駁，聲音卻跟他作對，發不出來。

他猛搖著頭，硬是從喉嚨擠出聲音，大叫說：

「你敢說那個晴明沒有幫著你們欺騙我嗎！」

「——」

左大臣藤原道長顫動著眼皮，凝視著皇上。稍微撐開抓住膝蓋的手指後，他猛然叩頭說：

「那麼，皇上……」

剛才話中蘊涵的激情，突然從他的語氣中消失了。

道長用平靜到令人害怕的聲音淡淡地說：

「如果您已經不再相信我的心意、不再相信中宮的感情、不再相信晴明……」

皇上用全力深吸一口氣。是的，全都不相信了。

不相信道長、不相信中宮，也不相信晴明。

他們夥同一氣，討厭皇后，把她視為眼中釘。對她生下的孩子，也一樣厭惡吧？

啊，如果真是這樣……

皇上不得不面對自己一直沒有注意到的事實。

把年幼的女兒送到遙遠的伊勢，還讓晴明陪在她身旁，是不是錯了？

「啊……」

全身顫抖、眼中散發出近似瘋狂的危險光芒的皇上，自己墜入了黑暗的懷疑深淵。

該怎麼辦才好？他什麼都不知道、什麼都不相信了。

皇后命在旦夕，自己選擇的路是不是全都通往錯誤的方向呢？如果是，怎麼做才能

走回對的路呢？

深信可以得救，銘刻於心的祈禱呢？

深信確實存在，緊緊擁抱的真情呢？

在哪裡？

或者那些全都是縹緲的幻覺，像夢般虛無呢？

無論誰都好，他希望有人能為他指出一條路、一條正確的路，現在就在他眼前立下明確的路標。

陷入恐慌的皇上，聽到刺耳的聲音說：

「那麼，就看天意吧。」

幾乎把年輕人的心，沉沉地、漆黑地掩蓋住的猜疑黑幕，就這樣被那句話尖銳地劃破了。

皇上啞然無言，視線飄忽不定。

這句話出自他眼前的舅舅、中宮的父親、掌空國家政治的左大臣。

也是他懂事前，就經常陪在他身旁的藤原氏族的首領。

藤原氏族的權力屹立不搖。除非發生什麼意外，否則高居藤原氏族頂點的男人，絕對不會犯下撼動權力的錯誤。

可是占卜的卦象不是那樣。

這兩種對立的思想，在皇上腦中相互拉鋸。

道長又對這樣的皇上說：

「我是不是如那個陰陽師所說，欺騙了皇上？」

他的心比平放在地上的手指還要冰冷。

儘管如此，他還是說得很平靜。

「中宮殿下是不是有其他心上人？」

他閉上眼睛，喘口氣。

「安倍晴明是不是值得信任？」

陰陽師的占卜，迷惑、攪亂了皇上的心。皇上對安倍晴明的信賴產生動搖，還對道長、中宮起了疑心。

現在很難撫平皇上的心。不管哪個陰陽師再占卜給他看，不管再出現怎麼樣的卦象，都無法消除他已經萌生的疑慮。

雷電轟隆作響，恍如貫穿了腹部。

緊閉的眼底，好像閃過撕裂天空的光芒。

震響的雷聲是神的吶喊、是神的怒吼。撕裂黑暗的閃電，是斬斷不安、恐懼、疑慮的神刀。

「我們有沒有說謊、有沒有欺瞞皇上、有沒有矇騙皇上，就由神來裁決吧，不要靠占卜或是人。」

道長知道。

有謊言、有欺瞞、有矇騙。

占卜的卦象是真的。

自從將兩個女兒互換，讓其中一個入宮後，他就擔心會有這麼一天。

他隱約有這樣的預感。

這是自己種下的因。

「請問天吧，用您自己的耳朵傾聽天意。」

藤原道長下定了決心。

如果他們的選擇是對的，那麼，在那個時間點，虛假也會變成真實。

當時晴明說，星星出現了異動。

彰子的星座有了變動。章子的星座也有了變動。交集的軌跡究竟會延伸到哪裡？

道長把自己的命運寄託在這件事上。

「天……意？」

皇上茫然地自言自語著。

忽然，很久以前，年幼時聽到的聲音，在他耳邊響起。

——仰賴占卜沒有關係。

當時已經是老人的大陰陽師，在他被立為東宮太子前，還只是個親王時，這麼對他說過。

——但是，親王殿下，絕對不要受占卜擺佈。

當他產生恐懼、忐忑不安時，都會請求老人占卜。老人總是聽從他的指示旋轉式盤，幫他觀看星象。

即使重複占卜都是同樣的結果，他還是會想下次說不定會出現別的卦象，怎麼樣都不放心，老人沉著地對他說：

——占卜只能當成指南針，受擺佈的話，總有一天會誤入歧途。

所以仰賴占卜，也絕不能盡信占卜。

皇上搖搖晃晃地跌坐下來。

道長凝然不動。

盯著他瞧的皇上，顫動著眼皮說：

「好……就看天意吧……」

道長的肩膀抖動一下，用幾乎聽不見的聲音回應了皇上。

問天。道長也想問。

問中宮的命運。

問自己的命運。

想著身在遙遠伊勢的晴明，心中已經有所覺悟的左大臣，向皇上叩頭，露出淡淡的笑容。

我把我的命運交給你的觀星結果了，晴明——。

小怪的陰陽講座

⑦女院：賜給天皇的母親、太皇太后、皇太后、皇后或中宮、後宮、內親王等的封號。

⑧僧都：朝廷賜給僧侶的官名，依次為僧正、僧都、大僧都、權大僧都、少僧都、權少僧都。

10

雷聲轟然作響。

中宮章子呆呆望著烏雲密佈的天空。

那天也是雷電交加，皇宮亂成一團。

感覺已經是很久以前的事，記不太清楚了。

那之後，章子幾乎沒吃什麼東西，晚上也睡不好，心臟總是怦怦狂跳。

淚水早就流乾了。

消瘦的雙頰讓人心痛，凌亂的頭髮再怎麼梳也無法恢復光澤。

侍女們問她與皇上之間發生了什麼事，她只是默默搖頭，什麼也沒說。

怎麼可能說呢，不管說什麼，都會使事情敗露。

值得慶幸的是，皇上似乎也沒有把這件事告訴身邊的人，不然事情傳開來，自己和父親恐怕早已因為欺君罔上，被定罪了。

想到這裡，章子不由得抿嘴一笑。

要說定罪，自己不是早已被定罪了？

還受到了懲罰。長期以來，她都處在恐懼中，心被無形的鎖鏈捆綁住。

活得戰戰兢兢、魂不守舍。

這種日子還要持續多久呢？

望著雷電閃光的章子這麼想。

她多麼希望雷電的天劍，乾脆打在自己身上，貫穿自己的身體，把自己燒成灰燼，這樣或許就可以贖罪了。

欺君罔上是事實。從一開始，所有一切就是謊言。她的名字、身分、所有一切，都是假的。

那麼自己為什麼還待在這裡呢？

眼前只有漫無止境的痛苦。除此之外，什麼都沒有。這就是懲罰。

「中宮殿下……」

從屏風後面傳來叫喚聲。她沒有回應，侍女戰戰兢兢地告訴她：

「皇上駕臨。」

章子的眼皮微微顫抖起來。她慢慢轉過頭，看到在屏風與屏風間待命的侍女憂心忡忡的臉。

「皇上……？」

她的聲音沙啞。

「是的，就快到了……啊！」

視線從章子身上移開的侍女張大了眼睛。

有人趴躂趴躂走過來，侍女手忙腳亂地做好了準備。

在屏風後面的章子，繃緊了神經。察覺外面動靜時，她不由得全身發抖。

有人在屏風前坐了下來。原本在周邊待命的侍女們，都匆匆離開了藤壺。

跟那時候一樣，飛香舍只剩下章子和皇上兩人。

轟隆巨響恍如在苛責章子。

嘎答嘎答發抖，連呼吸都很困難的章子，只能縮著身子，等待暴風雨過去。

不知道這樣等了多久。

就在雷光把飛香舍塗成純白色時，屏風前響起沒有高低起伏的聲音。

「左大臣來找過我。」

章子抖得更厲害了，胸口像被緊緊揪住般，痛苦不堪。

而皇上卻是自言自語般淡然地接著說：

「有沒有謊言、有沒有欺瞞……有沒有曚騙……」

章子披著鮮豔外褂的纖細肩膀，大大顫動起來。

「他要我請示天意……」

「──」

章子張開緊閉的眼睛，在口中喃喃重複著那句話。

請示天意？

她緩緩扭頭往後看。

雷光閃過。

瞬間照亮了屏風前那張臉的輪廓。

「他要我請示天上的神，不要靠占卜，也不要靠人。」

皇上稍作停頓，嘆了一口氣。

「所以我決定這麼做。」

原本很遙遠的皇上的聲音，感覺比較近了。

章子察覺在屏風前背對著她的皇上，扭頭往後看了她一眼。

「既然左大臣都那麼說了，我就請示看看。」

搖搖晃晃轉過身的章子，輕輕觸摸布幔。

看到不是被風吹動的布幔輕輕搖曳，皇上倒抽了一口氣。

雷電的轟隆巨響震耳欲聾，閃過的銀色光芒把章子的身影映在布幔上。

「……」

從她的嘴形可以看出她叫喚著皇上，卻聽不見聲音。

「我想問上蒼，妳那時候說的話是不是真的。」

章子失去光輝許久的眼眸，激動地蕩漾起來。

原本以為已經乾枯的淚水，從臉頰滑落下來。

她知道統統是假的。她接收了不屬於她的名字和身分。

「我請示上天可以吧？彰子……」

「……」

閉上眼睛，淚水就啪答啪答掉下來了。

全都是假的。但她想起也有真實的部分。

「是……」

銘刻於心的是祈禱。

——我想叫妳彰子。

她希望皇上呼喚她的名字。

——不……不，絕對、絕對沒有那種事……！

她拚命回應有沒有欺騙皇上的冰冷質問。

當時最悲哀、最難過的，不是被懷疑，也不是被苛責。

她緊緊擁抱的是真情。

在滿是虛假中，她是真心愛戀著喚她彰子的聲音。

而最終，她需要的是覺悟。

能不能把虛假變成真實？能不能改變星座命運，把原本彰子該走的路，都變成自己的路？

能不能背負起彰子的命運，一路走到底？

不是當彰子的替身，也不是扮演彰子的角色。

而是以彰子的身分度過這一生。

可不可以這麼做，就問上蒼吧。

「臣妾遵旨……」

跟那天一樣，雷聲轟隆作響。

皇上站起來，默不作聲地離開了。

章子悄然目送他離去。

◇　◇　◇

過了午夜，雷電交加的天空才逐漸平靜下來。

在老舊小屋跟老夫婦、螢擠在一起睡的昌浩，眼皮突然抖動起來，從夢中驚醒。

背脊一陣涼意。他摸摸脖子，皺起眉頭，爬起來悄悄走出小屋，沒吵醒老夫婦和螢。

在屋頂上待命的勾陣和小怪，已經跳下來了。

小怪看到昌浩出來，甩甩尾巴說：

「你發現了？」

「嗯。」昌浩點點頭，望向小屋說：

「她還好吧？」

勾陣看昌浩那麼擔心，就對他說：

「我留下來吧。」

「也好。」

小怪抖抖耳朵，從勾陣肩上跳到昌浩肩上。

「沒察覺這樣的動靜，可見身體相當衰弱。」

「就是啊。」

他們兩人說的是螢。

小屋四周有範圍稍大的結界，那是他們到這裡時立刻佈設的防護牆。每隔幾天就會重新佈設，增加強度。為了安全起見，又築起了第二層防護牆包圍這道結界。

平常不會做到這種程度，現在是因為螢不能動，絕對不能讓追兵或夕霧發現他們的行蹤。

追兵總是能正確掌握昌浩的下落，最先對這件事起疑的是小怪。

也因為這樣，才會築起復合的多重結界，徹底逃開追捕。

不但隱藏了昌浩、螢、神將的神氣，還做了只有老夫婦可以自由進出的特殊設計。身為術士的昌浩當然也可以進出，但是結界的範圍非常大，所以還沒有從結界走出去過。

這麼大的結界，要耗費很大的體力來維持。

但這也是一種修行。

螢的實力凌駕昌浩。要超越她，給自己稍微超出能力範圍的難題，是不錯的方式。昌浩這麼想。

小怪對知難而行的昌浩說：「很像你的作風。」

他們在燒炭小屋借住了將近一個半月。

螢的身體因此逐漸復原，更值得感謝的是，昌浩的心終於靜下來了。

四處逃亡是很大的負擔，很難療癒受傷的心。
人被逼上絕路會怎麼樣，有過經驗的昌浩非常清楚。當時真的很痛苦、很鬱悶，成天都灰心喪氣。但是熬過去後，倒是很好的經驗。
就是因為曾經墜落人生谷底，現在才可以在陷入那種絕境之前，正確分析自己的狀態，察覺情勢危急，就把自己拉住。
冥官可以打遍天下無敵手，不就是因為曾經淪落為鬼，又從那裡爬起來，變回了人類嗎？
對於昌浩這樣的感嘆，小怪和勾陣頗不以為然。
勾陣在小屋外留守，昌浩和小怪起步向前跑。
「數量不少呢。」
小怪警戒地瞇起眼睛。昌浩以右手結印，點著頭回他說：
「但還應付得了。」
數不清的黑色物體包圍著結界，蠢蠢欲動。
是與鑽進成親喉嚨裡的疫鬼同類的妖怪，昌浩看到它們，瞪大了眼睛。
「這些傢伙……」

朦朧的部分記憶，變得清晰了。

他想起在眼前閃爍的竹籠眼的圖騰。

還有昏迷前，在藤原公任背後看到的東西。

疫鬼從格子窗戶爬進來，手中握著短刀。

接下來就是他的想像了。

大群疫鬼襲向公任，把短刀刺進他的肚子裡翻攪。

公任倒下來，血從他的傷口流出來，積成一攤血。

意識不清的昌浩，靠著牆癱坐下來。疫鬼把短刀塞到他手上。

咯咯嗤笑的疫鬼們，撈起從公任身上流出來的血，潑在昌浩的臉上、胸口上、手上。

沒有親眼看見的光景，無比鮮明地浮現腦海。

覺得很噁心的昌浩，吞下一口唾沫，甩甩頭，想甩去沾黏的觸感。

「昌浩？」

「我沒事。」

面對訝異的小怪，昌浩露出苦澀的表情，深深吸了一口氣。

疫鬼們若穿越結界，就會一舉撲向他們。

「小怪，你能不能把它們全燒死，但不要燒到森林？」

短暫沉默後，小怪大叫：

「不要強人所難！」

昌浩抓住它的尾巴，順勢把它用力拋出去。

「加油囉！」

「喂！」

呈拋物線飛出去的小怪，才越過結界就被邪氣纏住，厭煩地扭動身體。

著地前，它變回原貌，爆裂的紅色鬥氣把現場的無數疫鬼都捲了進去。

「好麻煩……」

嘟囔埋怨的紅蓮，召喚了火蛇。

幸好是冬天，樹葉都掉光了，放眼望去都看不到常綠樹木。

紅蓮瞪著鑽動的大群疫鬼，用鮮紅的火焰攻擊它們。

疫鬼們的黑色身體瞬間被火焰包住，發出難以形容的慘叫聲，像火球般在地上滾動。

四周彌漫著肉燒焦般的惡臭。

「疫鬼也敢來惹我。」

紅蓮半瞇著眼睛咆哮，穿過防護牆的昌浩，拉長著臉站在他旁邊。

「唔……」

昌浩用袖子摀住鼻子。好噁心的味道。不只是燒焦的臭味，疫鬼散發出來的邪氣也飄蕩著腐臭味。

昌浩擊掌拍手。

啪的清澄聲音震響，瞬間淡化了腐臭味，但很快又冒出濃烈的臭氣。

單一隻的邪氣並不嚴重，是數量太過龐大才會這麼臭。

「同時操縱這麼多隻？」

有些毛骨悚然的昌浩，環視周遭。

那雙巨大的手再出現就麻煩了。

幸好目前沒有那樣的跡象。

「把它們一舉殲滅吧。」

昌浩結手印，唸誦咒文。

「嗡奇利奇利巴查拉……」

喉嚨突然卡住，昌浩難過地咳了起來。

知道昌浩要發動攻擊，原本打算撤退的疫鬼們，察覺昌浩出現異狀，立刻撲了上來。

昌浩按著喉嚨高舉刀印，紅蓮衝到他前面。

紅色火焰以驚人的速度擴散，在疫鬼間延燒。

「咳、咳咳、咳咳。」

像嗆到般咳得很厲害的昌浩，不斷呻吟，試著把卡住的東西吐出來。

他發不出聲音。

「咿……」

在他乾咳時，紅蓮的火焰亂舞，把疫鬼們燒成了灰燼。

黑色妖怪的數量逐漸減少，腐臭味也逐漸淡去。同時，昌浩也覺得卡在喉嚨裡的東西慢慢消失了。

「敵人好像是想讓我不能出聲……」

要唸咒文才能啟動法術。當語言的音律和言靈，與靈力產生共鳴，就能激發出龐大的力量。

包圍結界的疫鬼，全被殲滅了。大半都是靠紅蓮的火焰。

結界穩如泰山。昌浩檢查過後，鬆了一口氣。那些疫鬼只要鑽進一、兩隻，就能輕易依附在無力的人類身上。

可不能造成老夫婦的困擾。

小心觀察四周的昌浩，覺得地面有些搖晃。紅蓮抓住了昌浩的手。

沒多久就從地底下冒出巨大的手臂，把紅蓮和昌浩彈飛出去。

幸好紅蓮被彈飛出去前就已經發現那隻手臂，及時把昌浩往上拋，並且揮下化為實體的深紅之劍。

一劍砍斷圓木般粗大的手指後，紅蓮又收回劍，再往掌底砍下去。

剩下的手指蠕動著，妄想抓住紅蓮。

落地的昌浩擊掌拍手。

「天之五行、地之五行、人之五行！」

以刀印迅速畫出來的三個五芒星，綻放著光芒往三方奔去，把手臂困在中央，形成光的三角柱。

「南無馬庫桑曼達吧沙拉旦、顯達馬卡洛夏達、索瓦塔亞溫、塔拉塔坎曼！」

在昌浩唸真言時，三角柱裡的手臂開始痛苦掙扎，暴跳如雷。

但是五芒星的結界徹底封住了巨大的手臂。

昌浩提高了警覺。上次還出現了另一隻手臂。

瞪著被困住的手臂，深吸一口氣的昌浩，又輕咳了幾聲。

「萬、萬魔拱服——！」

揮出去的刀印將五芒星的結界剖成兩半，響起水晶碎裂般的清澄聲音，三角柱與手臂同時炸裂四濺。

剩下的疫鬼也全都被紅蓮殲滅了。

疫鬼的氣息完全消失後，昌浩的呼吸總算恢復了正常。

他拍拍喉嚨和胸口，確定沒事，才鬆了一口氣。剛才有東西卡在喉嚨的感覺不見了。

沉默下來的昌浩表情嚴峻。

「……咒文……」

咒文差點就被封住了。

不能使用言靈，法術的威力連一半都無法發揮，所以不管聲音多小，都必須要發出來。

背後的結界震動起來，好像跟什麼產生了共鳴。

昌浩和紅蓮同時轉過身去。這是雙層結界，震動表示中間有狀況。

勾陣站在包圍小屋的結界的外側，拔出筆架叉，進入了備戰狀態。

不是疫鬼。感覺不到氣息。

散發出來的鬥氣如刀刃般鋒利的勾陣，抬頭看著斜上方的天空。

昌浩和小怪也循著她的視線望過去，看到大約一丈長的巨大眼球飄浮在空中。

昌浩目瞪口呆，倒抽了一口氣。紅蓮臨危不亂，召喚火蛇，全力攻擊眼球。

扭擺的鮮紅火蛇，以螺旋形狀往前衝，冒著白煙包住了眼球。

被火焰包住的眼球，轉動眼珠子，交互看著小屋與昌浩。

在深紅火蛇的攻擊下，眼珠子瞬間變得灰白混濁，然後整個眼睛像垂死掙扎般扭動起來，很快就從內側爆開了。

黏稠的飛沫掉下來，還沒沾到身上，就全被勾陣的神氣彈走了。

啪噠掉在地上的飛沫，黏答答地流動，到處淤積。

沾黏在包圍小屋的結界上的飛沫，像糨糊般滴落，沾到哪裡，哪裡的靈力護牆就變得薄弱。

昌浩邊閃躲飛沫，邊凝聚靈力，尋找變出眼睛的人。

非生物體的眼球浮現在他緊閉的眼底，沒有亮光、像混濁的黑曜石般漆黑的眼珠子，隱隱約約顯現出人的身影。

「白……頭髮……」

昌浩的心臟怦怦狂跳起來。

腦中浮現用可怕眼神注視著自己的夕霧的臉。紅色眼睛殺氣騰騰。

猛然張開眼睛的昌浩，下意識地往後退。

就在這時候，淤積的飛沫鼓脹起來，撲向了昌浩。

「唔哇！」

紅蓮趕緊把受到驚嚇的昌浩往後拉，用自己的左手臂去擋飛沫。

手臂一陣火辣辣的麻刺感，沾黏的飛沫好像要鑽進皮膚裡，紅蓮皺起眉頭，用召喚來的火焰燒自己的手。

被燒得茲茲作響掉下來的飛沫，變得乾巴巴，碎裂成粉末。

四處散落的飛沫攤，就像收到發動攻擊的信號般，同時蠕動起來，步步逼向昌浩與神將們。

昌浩蒼白著臉說：

「這些要怎麼處理呢……」

勾陣用筆架叉攔截飛撲上來的飛沫，再把飛沫拋到很遠的地方。

她大聲說：

「這是你該想的事。」

「說得也是……」

紅蓮邊用火焰燃燒飛沫，邊懊惱地看著無力下垂的手臂。勾陣察覺不對，正要說什麼時，紅蓮用眼神制止了她，轉身對昌浩說：

「用剛才結界的訣竅，把它們封鎖擊潰。」

「啊，對喔。」

那些黏答答的東西會移動，還真有點麻煩。

昌浩擊掌拍手。

白頭髮的男人躲在結界外，偷偷看著昌浩他們。

沒多久，看到事情解決了，他便轉身離開，消失在黑暗中。

11

不可以去。

◇　◇　◇

覺得有點冷，螢緩緩張開了眼睛。

外面傳來鳥叫聲。

天好像才剛亮。

她用手背擦擦額頭上的汗，喘了一口氣，有點倦意。

感冒已經好了。現在身底的沉重感，不是感冒引起的。

她自己知道，身體狀況比剛離開播磨鄉時更糟了。

她翻個身，把身體蜷曲起來。

胸口很悶，總像有塊冰冷的東西壓在那裡。當由冷轉熱，膨脹起來時，就會往上推擠，湧出一股鐵鏽味。

她閉上眼睛，回想剛才作的夢。
在掉落河川時，她本能地尋找夕霧的手。
明明知道把手伸出去，那隻手也不可能拉住她，她卻還是不由自主地尋找那隻手。
她覺得這樣的自己既滑稽又可悲。
模模糊糊記得，有人把她從水裡撈上來。那隻大手感覺很像她下意識尋找的那隻手。即使那只是夢，她也欣喜若狂。
不可能是昌浩。絕對不會是個子跟自己差不多的昌浩。
那也不是女人的手，怎麼想都應該是十二神將騰蛇恢復了原貌。
騰蛇的原貌跟白色怪物的模樣相差太遠，到現在她都還不太能接受，很佩服昌浩可以泰然自若地面對他。
胸口熱了起來。
螢靠著意志力，把湧上來的氣味壓下去，輕咳了幾聲。
那對燒碳維生的夫婦還在睡覺。她不忍吵醒他們，也不想讓他們知道她的狀況不好。
病情發作，強忍著熬過去的螢，喘口氣，微微一笑。
那對老夫婦不知道怎麼想的，剛開始還以為她跟昌浩是私奔，從京城逃出來的情侶。
沒錯，是從京城逃出來的，但是昌浩拚命否認前半部的私奔說法。

螢偷偷笑起來，心想的確不能承認。

後來老嫗還私下問過她，是不是跟哥哥一起出外旅行？

她看起來比較嬌小，所以老嫗認為她是妹妹。

「我們才不是兄妹呢……」

這麼喃喃自語的螢，揮去了浮現眼底的身影。

背部的傷，好像訴說著早已消失的疼痛，她不由得動了動身體。

——螢……

在背部受傷時，已經決定遺忘的聲音，呼喚著這個名字。

是夢。

螢對自己施咒，讓自己不要再作這樣的夢。

什麼都不想，暫時讓大腦放空的螢，忽然察覺外面紛亂嘈雜。

不是聲音嘈雜，而是空氣騷動不安。

她訝異地爬起來，發現應該跟老夫婦一起睡在她旁邊的昌浩不見了，他的草蓆是空的。

她擔心地爬起來，悄悄走出去，沒有吵醒老夫婦。

出去一看，不禁倒抽一口氣。

是結界。她一直沒察覺，有結界圍繞著小屋。昌浩和神將們站在結界外。

環繞著他們的空氣，顯然出現了異狀。
她輕而易舉地穿越了結界。
「咦，螢？」
穿越時，保護牆產生微微的震動。昌浩察覺震動，回過頭看。
螢默默環視周遭。
除了疫鬼散發出來的邪氣殘渣外，還有非生物體的靈力波動，跟那隻巨大的手背散發出來的氣息一樣。
還咳個不停的昌浩，對沉默的螢說：
「我儘可能不吵醒妳，還是把妳吵醒了，對不起。」
螢眨眨眼睛，搖搖頭。邊走動，邊觀察周遭狀況的她，在口中唸唸有詞。
「沒想到你還滿行的嘛……」
這時候她才稍微覺得，安倍晴明的小孫子，也就是繼承最多天狐之血的昌浩，實力好像還不錯。
天一亮，昌浩和螢就對燒炭的老夫婦說，他們差不多該離開了。
他們感謝老夫婦的照顧，對不能給予任何回報表示歉意。老嫗笑呵呵地搖著頭。老翁只交代他們要好好照顧身體，就跟老嫗去了燒炭小屋，說要完成後一次的工作。

繼續待在這裡，說不定會給老夫婦帶來危險。

為了避免這種事發生，他們大早就離開了小屋，前往播磨。

有時他們會繞大圈子前進，以防追兵。

幸好都沒遇到追兵，也沒被夕霧攻擊。

神將們都注意到一件事，但沒告訴他們。

那就是老夫婦早已完成今年的燒炭工作，只是假裝還在工作，等螢復原。

其實他們離開沒多久後，老夫婦就回去山下的村子了。

神將們決定不告訴他們，因為老夫婦也不想讓他們知道。

他們白天行動，晚上休息。就這樣又過了好幾天。

昌浩和螢走在前面，坐在勾陣肩上的小怪，偶爾會聽到他們之間的閒聊，覺得很欣慰。

他們聊武術、靈術；聊至今遇過的妖怪；聊什麼神會以什麼模樣與他們接觸等等。

昌浩視為理所當然的事，對螢來說都是令人驚歎的經驗，而螢度過的修行生活，也是昌浩人生中沒有過的經歷。

總而言之，兩人看起來就是很開心。

若不是背負殺人汙名的逃亡旅行，這將是多麼祥和、溫暖人心的光景啊。

勾陣瞧一眼抖動耳朵的小怪，低聲問它：

「左手還好吧？」

夕陽色的眼睛泛起厲色。它抖抖耳朵，簡短地回應：

「不太好……」

它一時大意，忘了對方是可以佈設結界封鎖神將行動的術士。

「可能不能動了……」

「你振作點嘛，最強的鬥將。」

「萬一發生什麼事，就拜託妳啦，第二強的鬥將。」

對話的語氣聽起來很輕鬆，其實暗藏著憂慮。

沒在聽神將們交談的昌浩，看看四周，眨了眨眼睛。

他發現這裡的樹木，跟京城周遭不一樣。當然也有同樣的種類，不過茂密程度、排列方式好像不太一樣。

有棵特別大的樹木，吸引了他的目光。是梅樹嗎？樹幹和樹枝都非常粗壯。

仔細看，會發現到處都是梅樹。棵棵雄偉挺拔，看起來都有相當長的樹齡。

螢忽然停下腳步，環顧周遭。

「[illegible]？」

正覺得詫異時，有人從梅樹後面走出來。

昌浩屏住了氣息。

這個人總不會是……？

穿著黑色水干服的人，從林立的樹木間竄出來。

嚴陣以待的昌浩瞠目結舌。

螢卻放鬆了肩膀的力量，露出放下心來的表情。

「螢小姐，很高興看到妳安然無事。」

對著螢笑的男人，把頭轉向昌浩說：

「他就是安倍益材的……？」

心開始狂跳。

夕霧的話在昌浩耳邊響起。

——不要靠近播磨，就這樣帶著螢逃走……！

看到男人注視著自己的紅色雙眼和白色頭髮，昌浩啞然無言。

◇　◇　◇

她聽見很可怕的聲音。

張開惺忪睡眼的她，拚命想那是誰的聲音，卻怎麼也想不出來。

試著爬起來時，她驚訝地發現，身體比平時僵硬，肌肉還發出聲響。

「喲，妳醒了？」

烏鴉眨眨眼睛，飛到脩子膝上。

「咦，內親王，妳怎麼了？臉色很蒼白呢。」

烏鴉伸出一隻翅膀，摸摸脩子的額頭。

「嗯，沒有發燒……是不是作了什麼惡夢？」

脩子眨眨眼，歪著頭思索。結果還是想不起來，苦著臉搖搖頭。

烏鴉也學她歪著頭說：

「忘記吧、忘記吧。放心，今天晚上是今年最後一個滿月，有月神保佑，再可怕的東西都會消失不見。」

烏鴉點頭點得那麼得意，是因為身為天津神的月神，跟它侍奉的神的女兒也有親戚關係。

道反大神的女兒風音，有值得驕傲的天津神保護。

，在她保護下的內親王，也會受到保護。更重要的是，脩子本身就是高天原最高神明天照大御神的靈魂分身。

把烏鴉擁在懷裡的脩子，打了個哆嗦。

她有種莫名的不祥預感。

「內親王，妳怎麼了？」

「我作了一個夢……」

不知道怎麼回事，明明才剛起床，卻開始害怕天黑、害怕明天的到來了。

她完全不明白為什麼。

但是她很快就會知道，那是個確切的預感，訴說著不可避免的命運。

那個時刻就快來臨了。

她聽見很可怕的聲音。

「接下來不管發生什麼事，妳都不可以閉上眼睛、不可以摀住耳朵。」

那是已經遺忘的聲音。

也是無法遺忘的聲音。

後記

那傢伙就快來了。沒錯，就是那傢伙。話說，好像已經來了。

我早就做好了萬全的準備。

隨時恭候大駕啦！

夏天！

各位，好久不見了，我是結城光流。大家最近好不好呢？

這次的後記篇幅不多，所以加快速度進行吧。

首先來看例行排行榜。

第一名　安倍昌浩。

第二名　十二神將騰蛇。

第三名　怪物小怪。

以下依序是藤原敏次、勾陣、玄武、小野螢、結城、六合、風音、朱雀、太裳、車之輔、彰子、太陰、青龍、成親、天一、冥官（小野篁）、章子、千歲、昌親、汐。

我個人對這次的排名，感慨萬千，喜極而泣。

TOSSHI有了卓越的成長呢……！記得剛開始時，他幾乎被嫌到爆，現在竟然可以爬到這個名次。如果紅蓮跟小怪算成同一個角色，他就擠進前三名了。那個TOSSHI、那個代表普通人的TOSSHI耶！感謝所有支持他的人，謝謝你們。太好了，敏次！今後也要繼續加油喔，TOSSHI。

說到昌浩，他可是遙遙領先的第一名呢。還是半吊子的他，隨著自身的成長，也逐漸鞏固了身為主角的人氣，看著他這一路走來，我也有很深的感慨。

小野家的千金大小姐，也很受歡迎呢。不過，千歲會進入排行榜，我倒是有點驚訝。也許有人會問千歲是誰？請看《少年陰陽師》畫集。現在還有人記得汐，我真的很開心。

下次的排行榜會怎麼樣，我也不知道，就是這樣才有趣。參加投票的人，請在來信的某個地方，清楚寫下「我投〇〇一票」，拜託了。

我本來就愛用方巾跟手帕，現在更卯起勁來，決定辦個「盡量選日本製、在能力範圍內愛用日本貨」的個人宣傳活動。

只要用心，就會發現有很多日本貨，像是日常使用的小東西等等，吃的東西就

更不用說了。我最近新訂做的錢包，就是甲州印傳⑨的長皮夾。帆布背袋向來也是我的最愛。

另外，我個人也很喜歡可以拗來拗去的錫製餐具、火箸風鈴⑩、南部鐵器⑪。選用日本製品這種小事，看似微不足道，但我認為一定會逐漸產生某些連環作用。所以不要只是一時，要長期選用日本製品，長期維持下去。

我還有幾個想去的地方。天孫降臨的地方，非去一次不可，以後有可能把這個地方當成故事的舞台。日本三景⑫中，已經去過天橋立⑬與安藝的宮島⑭，還剩一個地方沒去，希望可以早日成行。

《大陰陽師　安倍晴明》的新作差不多要慢慢開始寫了。《Premium The Beans》預計七月底發行，我會在那裡發表Monster Clan與少年陰陽師的短篇故事。

角川文庫版〈異邦的妖影〉、〈黑暗的呪縛〉、〈鏡子的牢籠〉的「窮奇篇」三卷也全都出版了。封面的意境迥然不同，洋溢著平安時代的味道，看起來很不錯呢……聽說滿受歡迎的，我真的很開心。

多多少少有點感受到那傢伙的氣息了，我會努力捱過去，已經做好迎戰的準備了。不過，威力最好還是不要太猛烈……希望不會。

那麼，各位，期待在下一次的作品裡再見了。

結城光流

小怪的陰陽講座

⑨甲州印傳：印傳是江戶時代在甲州（現山梨縣東北部）發展出來的工藝品，用漆上各種圖案的鹿皮製成。

⑩火箸風鈴：用細線把兩根或四根火箸吊起來做成的風鈴。

⑪南部鐵器：在岩手縣製作的種種鐵器。

⑫日本三景：松島、天橋立、安藝的宮島稱為日本三景。

⑬天橋立：京都府宮津市宮津灣的沙洲。

⑭安藝的宮島：位於廣島灣的西北部，又稱為嚴島。

少年陰陽師
叁拾伍
心願之證
願いの証に思い成せ
2014年
1月揭曉
歷盡波折，昌浩等人終於來到了播磨。
在那裡，昌浩聽說了小野螢不為人知的悲慘過去。
與此同時，京城裡颳起了攪亂人心的黃泉之風，
若詛咒無法破除，那麼皇后定子與腹中孩子的生命之火，
就像是風中殘燭，即將熄滅……
©Mitsuru YUKI 2011 ●中文版書封製作中

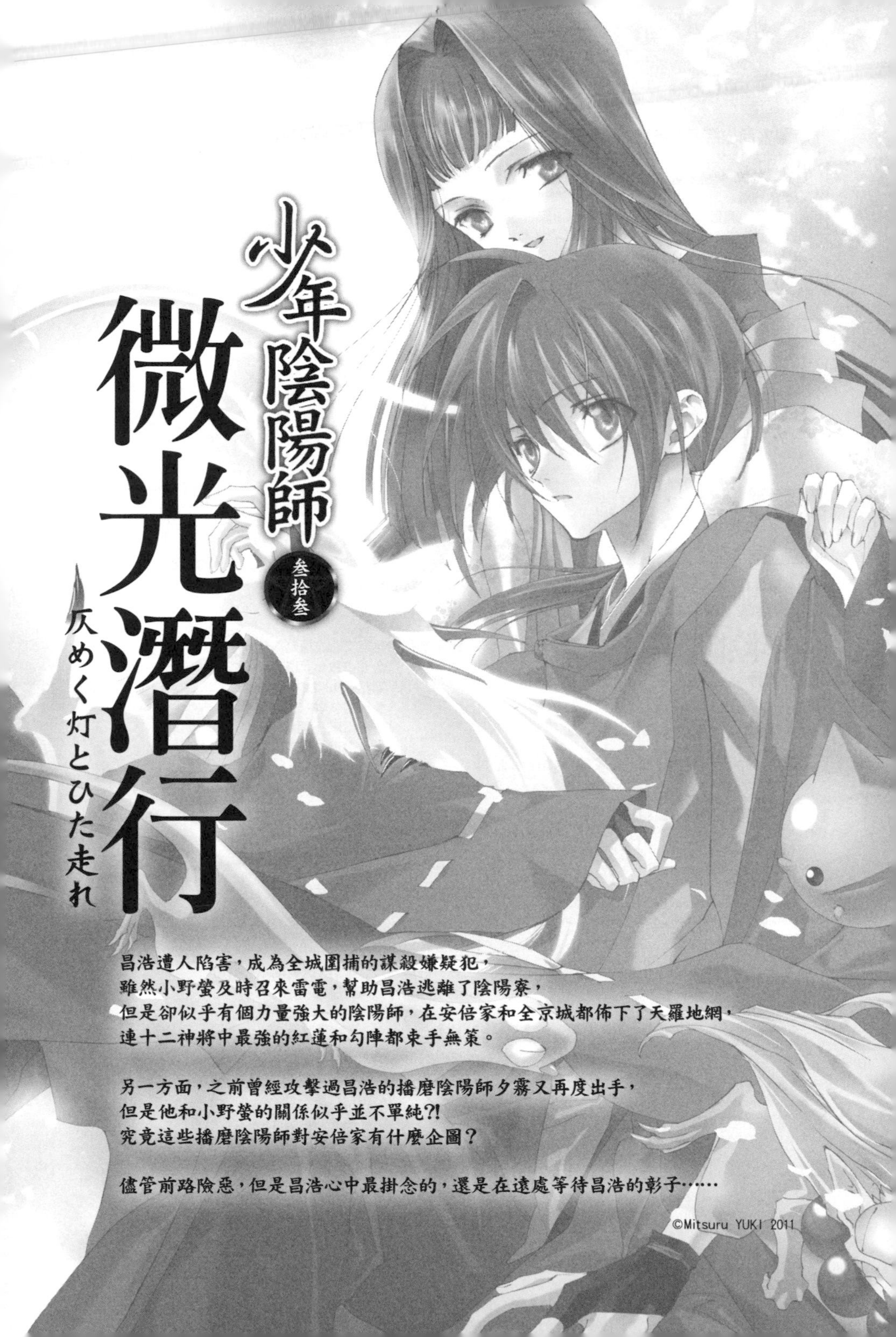

少年陰陽師 叁拾叁

微光潛行

灰めく灯とひた走れ

昌浩遭人陷害，成為全城圍捕的謀殺嫌疑犯，
雖然小野螢及時召來雷電，幫助昌浩逃離了陰陽寮，
但是卻似乎有個力量強大的陰陽師，在安倍家和全京城都佈下了天羅地網，
連十二神將中最強的紅蓮和勾陣都束手無策。

另一方面，之前曾經攻擊過昌浩的播磨陰陽師夕霧又再度出手，
但是他和小野螢的關係似乎並不單純?!
究竟這些播磨陰陽師對安倍家有什麼企圖？

儘管前路險惡，但是昌浩心中最掛念的，還是在遠處等待昌浩的彰子……

國家圖書館出版品預行編目資料

少年陰陽師.叁拾肆,破暗之明／結城光流著；涂愫芸譯.-- 初版. -- 臺北市：皇冠, 2013.11
面；公分.--(皇冠叢書; 第4218種)(少年陰陽師; 34)
譯自：少年陰陽師34：さやかの頃にたちかえれ
ISBN 978-957-33-3035-6(平裝)

861.57　　　102022181

皇冠叢書第4218種

少年陰陽師 34

少年陰陽師——

破暗之明

少年陰陽師34
さやかの頃にたちかえれ

作　　者—結城光流
譯　　者—涂愫芸
發 行 人—平雲
出版發行—皇冠文化出版有限公司
台北市敦化北路120巷50號
電話◎02-27168888
郵撥帳號◎15261516號
皇冠出版社(香港)有限公司
香港上環文咸東街50號寶恒商業中心
23樓2301-3室
電話◎2529-1778　傳真◎2527-0904
責任主編—盧春旭
責任編輯—蔡維鋼
美術設計—王瓊瑤
著作完成日期—2011年
初版一刷日期—2013年11月

法律顧問—王惠光律師

讀者服務傳真專線◎02-27150507
電腦編號◎501034
ISBN◎978-957-33-3035-6
Printed in Taiwan
本書特價◎新台幣199元/港幣67元